10 DIAS PARA O FIM DO MUNDO

Um livro do universo

Eclesiástico

Diretor executivo:
Sinval Filho

Coordenadora editorial:
Luciana Leite

Assistente editorial:
Isabel Moreno Silva

Diagramação:
Neriel Lopez

Revisora:
Alexandra Resende

Capa:
Vinícius Amarante

Dados Internacionais de Catalogação na Publicação (CIP)
(eDOC BRASIL, Belo Horizonte/MG)

G934d Guerra, Richarde.
Dez dias para o fim do mundo / Richarde Guerra. – Osasco, SP: Lion Editora, 2025.
162 p. : 15 x 21 cm

ISBN 978-65-83363-15-2

1. Ficção brasileira. 2. Literatura brasileira – Romance. I. Título.
CDD B869.3

Elaborado por Maurício Amormino Júnior – CRB6/2422

Lion Editora
Rua Dionísio de Camargo, 106 - Centro - Osasco/SP - CEP 06086100
@lioneditora

10 DIAS PARA O FIM DO MUNDO

RICHARDE GUERRA

SUMÁRIO

INTRODUÇÃO

Caro leitor, quero compartilhar contigo um resumo da inusitada trajetória do personagem Eclesiástico, que deu origem ao universo base para este livro. Nós o lançamos como protagonista de uma história em quadrinhos, no ano de 2015, numa edição especial que gerou, nos anos posteriores, outras quatro publicações e um jogo de tabuleiro. O enredo está centrado no jovem professor universitário Daniel, um cético que é chamado contra a sua vontade para o centro de uma grande batalha espiritual, descortinando um pano de fundo de forças do bem e do mal se digladiando pela humanidade. Ele descobre que o Criador levanta de tempos em tempos 'Eclesiásticos', pessoas dotadas de sensibilidade e poderes espirituais justamente para combater as forças das trevas organizadas que estão presentes neste mundo.

Daniel é o Eclesiástico do Século XXI, tendo a ajuda do Intercessor, do Desarmador e da Ana, formando uma improvável equipe. Os diversos produtos da série alcançaram um feito inédito para uma história de ficção cristã, ao tornarem-se duas vezes finalista ao Troféu HQMIX, o Oscar dos quadrinhos nacionais, bem como ao conquistar o Prêmio Areté de Literatura Cristã. Para celebrar os 10 anos da primeira publicação, compilamos todas as aventuras já produzidas do Eclesíastico em três *graphic novels*, além do relançamento do jogo e até um curta metragem de animação. Mas sentimos que precisávamos entregar algo a mais para os nossos fãs, que esperavam ansiosamente por algo novo surgindo da franquia.

Assim, a mente ensandecida desse autor premiado transpôs os personagens para um livro de ficção, que você agora tem em mãos. Espero que essa seja a sua porta de entrada em grande estilo para o universo do Eclesiástico. Mas, se pelo contrário, você já for um colecionador ávido e talvez questione se este é o fim, quero te dar um spoiler: ainda não terminamos.

Sinval Filho
Editor

PRÓLOGO

A MALDIÇÃO

As luzes da cidade tremulavam como se respirassem medo.

Do alto do Viaduto Santa Tereza, Guilherme olhava para a espinha dorsal de Belo Horizonte, com os olhos fundos de quem atravessou o inferno... e sobreviveu por pouco. O tempo estava vencendo. **Faltavam poucas horas.**

As sombras ao redor já não obedeciam mais às leis da física. Elas se moviam como serpentes famintas, sussurrando palavras antigas em línguas que cortavam o espírito como lâminas. Guilherme sabia o que significavam — ele aprendeu com sangue. Maetrea estava vindo.

Um trovão rasgou o céu, mas não havia nuvem. Apenas o rasgo. E do rasgo, olhos. Do outro lado do véu, eles estavam espreitando. Observando.

— Está pronto para cumprir o que foi escrito? — a voz veio de dentro, mas soou ao redor dele como um eco em catedral abandonada.

Guilherme não respondeu. Apertou o pingente que Daniel havia lhe dado. Era simples — uma cruz de ferro frio, forjada em oração. Ele nunca soube se funcionava de verdade, mas nos últimos dias, tudo o que ainda tinha era a fé dos outros.

Um vento opressor soprou por trás. Ele se virou. Um homem de terno vinho, gravata fina e sorriso de aço o encarava na calçada vazia.

— **Maetrea.**

— Guilherme... meu discípulo mais promissor. Dez dias. E você escolheu a traição.

Guilherme recuou um passo, o corpo tremendo como se o ar estivesse sendo devorado.

— Eu escolhi viver.

— **Viver?** — Maetrea sorriu, mas não havia graça. — Você mal começou a existir. Só quem morre por algo entende o que é viver de verdade.

Guilherme sentiu as pernas cederem, mas uma luz surgiu. Quente. Densa. Abrangente.

— **EPHATÁ!**

A voz cortou o caos como espada flamejante. Uma onda de vento varreu a rua e as sombras recuaram em pânico. Daniel aterrissou como um trovão de justiça. A armadura celestial pulsava como se estivesse viva, os olhos queimavam com o brilho de quem enxerga além.

— Toca nele de novo e você terá que passar por mim, Maetrea.

Maetrea arqueou a sobrancelha, quase divertido.

— O Eclesiástico. Como sempre... atrasado.

Daniel sorriu.

— Como sempre... **Kairós, no tempo certo.**

Maetrea estalou os dedos e, em vez de desaparecer, o chão tremeu como se a terra engasgasse com sua presença. Do asfalto rachado brotaram raízes negras e espinhosas, impregnadas de maldição, que se enroscaram aos pés de Daniel com força demoníaca. O ar se tornou espesso, como se toda a cidade tivesse parado de respirar.

— Vamos testar sua fé, Eclesiástico... — sibilou Maetrea, e seus olhos brilharam em chamas azuis como as de um inferno congelado. Ele ergueu a mão, e do centro da palma emergiu uma lança feita de trevas cristalizadas, viva, pulsante, com inscrições blasfemas em língua morta, escorrendo sombra líquida como sangue reverso.

Daniel não recuou. Seus olhos se fecharam por um segundo. Quando se abriram, estavam incandescentes, como duas janelas para o céu.

Seu corpo se envolveu em glória abrasadora, um fogo que não queima, mas que revela. Não era uma luz comum — era הוהי חור (Ruach YHWH) — o Espírito do Senhor — fluindo como um rio de eternidade através de sua carne.

Com um grito de guerra, ele saltou, e o som do seu salto estourou o concreto, rachando o chão em linhas geométricas como uma mandala celestial. Em suas mãos, surgiram espadas de luz, elas saíram de sua boca, forjadas a partir de רבדה (HaDavar) — a Palavra Viva. Cada lâmina ardia com runas flamejantes, escritas em linguagem angelical, dançando como se tivessem vontade própria.

Maetrea atacou com violência brutal, avançando com a lança girando como um furacão de trevas. O impacto entre os dois foi cataclísmico — um clarão sagrado e profano ao mesmo tempo. A colisão abriu fendas nos céus, nuvens se retraíram, e os prédios próximos estremeceram.

Daniel murmurou algo em língua celestial. O tempo oscilou.

Por um instante, a realidade vacilou como uma cortina sacudida pelo vento de outro mundo. Cores se inverteram. O mundo se dobrou. Carros flutuaram meio centímetro no ar. Os pássaros congelaram no céu.

Maetrea se multiplicou. Três cópias translúcidas surgiram ao seu redor, cada uma com a mesma sede de destruição, atacando em sincronia. Daniel girou com as espadas, cortando o ar com precisão divina. Ao atingir a primeira cópia, ela explodiu em fumaça negra, gritando nomes esquecidos dos tempos de Babel. A segunda foi partida ao meio, e do corte jorrou um vazio absoluto, como se tivesse aberto uma porta para fora da criação. A terceira tentou perfurá-lo pelas costas — mas Daniel gritou:

— יסנ הוהי (YHWH Nissi) — O Senhor é minha bandeira!

Uma muralha translúcida, de luz líquida, emergiu ao seu redor, repelindo o golpe com tal força que Maetrea foi arremessado como um cometa negro contra a fachada de um prédio. O impacto explodiu janelas em um raio de vinte metros. Ele caiu no chão, deslizando e se recompondo como fumaça em forma humana.

Maetrea se ergueu, ferido, arfando — mas ainda sorrindo com um escárnio.

— Você tem poder, Eclesiástico. Mas ainda está amarrado à misericórdia. Eu fui além. Eu bebi da fonte onde até anjos temem olhar.

Daniel caminhou firme, lâmina baixa, olhos fixos. O céu atrás dele escureceu de forma reverente, como se até a criação soubesse quem estava de pé.

— Eu não preciso ultrapassar o que foi posto por Ele. Caminho com aquele que diz ao mar: "Aqui te detenhas". Com aquele cujo trono é sustentado por justiça e verdade.

Maetrea berrou de fúria, e ergueu ambas as mãos, invocando uma tempestade de escuridão viva. Do céu desceram, em espiral, milhares de entidades aladas deformadas, parecendo corvos fundidos com ossos humanos, com olhos apagados e bocas costuradas.

Daniel cravou uma das espadas no chão.

— תואבצ הוהי (YHWH Tsevaot) — Senhor dos Exércitos!

O chão se abriu com um trovão de luz. Uma legião de círculos flamejantes emergiu em torno dele, girando em velocidade absurda. Os demônios que desciam foram dissolvidos antes de tocar o solo, em explosões de som sagrado — como notas musicais que explodiam em agonia.

Maetrea caiu de joelhos. Seus braços começaram a ranger e se desfazer como carvão em brasa, rachando e soltando fumaça. Ele tentou se levantar, mas seu corpo estava sendo consumido por dentro — pelas palavras, pelas invocações, pela presença que Daniel carregava.

— Guilherme... — ele sibilou, virando o rosto para o rapaz. — A guerra não acabou. Isso foi apenas o primeiro movimento. Em dez dias, o selo se parte... e o sétimo trono será questionado.

Ele encarou Daniel mais uma vez — agora com respeito forçado e ódio ancestral.

— Até breve... Eclesiástico.

E então Maetrea estalou os dedos — e desapareceu.

Não em glória. Não em vitória. Mas em agonia contida, como um grito que nunca encontrou saída.

Guilherme caiu de joelhos. Lágrimas escorriam.

O silêncio que se seguiu à partida de Maetrea era quase tão brutal quanto a batalha. Ainda pairava no ar o cheiro de enxofre e relâmpago. As árvores da praça gemiam, como se estivessem se curvando sob um peso invisível. Pombas mortas caíam lentamente, uma por uma, como folhas fora de estação. E no meio disso tudo, Guilherme — ofegante, suado, com os olhos arregalados de terror e confusão — encarava Daniel como se estivesse vendo uma criatura de outro planeta.

— Daniel...? — a voz saiu rouca, mais sussurro do que pergunta. — Você… aquilo tudo… você lutou com um demônio?! Com espadas de luz?! Maetrea era meu mestre, mas não imaginava que ele era um entidade maligna.

Daniel estava com as mãos sobre os joelhos, ofegante, mas sereno. Os olhos, ainda um pouco brilhantes, agora começavam a se apagar lentamente. A espada que ele havia cravado no chão havia desaparecido, como se tivesse sido engolida pela própria terra.

Ele ergueu os olhos para o rapaz.

— Sim, Guilherme. Aquilo era um demônio. Um dos antigos.

— Mas… como? Você era meu professor. O cara da Química analítica, às sete da manhã! Você sempre foi... sei lá… normal!

Daniel sorriu com pesar, como alguém que já teve essa conversa antes.

— Ninguém que caminha verdadeiramente com יהוה (YHWH) permanece normal, Guilherme. Mas sim, eu sou professor. E sou servo. Mas também... fui chamado para algo além.

Guilherme se afastou um pouco, tropeçando em escombros da batalha, tentando manter os pés firmes no chão que já não parecia real.

— Você invocou nomes… nomes antigos… e havia fogo… e aquelas coisas voando… você sabia que isso ia acontecer?

Daniel respirou fundo. Olhou para o céu, depois voltou os olhos para o rapaz, agora com um olhar diferente: como se estivesse prestes a contar um segredo de séculos.

— A cada era da humanidade, Guilherme, quando a escuridão ameaça ultrapassar os limites, o Criador levanta um Eclesiástico.

— Eclesiástico?

— Um sentinela. Um vigia no muro. Alguém capaz de enxergar o invisível e ouvir o que o mundo não diz. É um título. Uma responsabilidade. Um fardo.

— Isso… isso é loucura.

— Pode parecer. Mas você acabou de ver com seus próprios olhos. Demônios existem. As Escrituras sempre disseram isso. Só que a maioria não vê, porque vive anestesiada. Mas os Eclesiásticos... nós temos os olhos abertos.

— Os olhos… abertos?

— םלוע יאור (Ro'ei Olam) — Videntes do mundo. Eu enxergo o que se move no pano de fundo, por trás da carne. Espíritos. Correntes espirituais. Feridas não cicatrizadas na realidade. E não só isso. Eu escuto também. Os sussurros da eternidade, os avisos do céu. Os ecos do futuro.

Guilherme se sentou devagar em uma mureta quebrada, atônito.

— Isso é demais. É muito. Eu… não sei no que acredito agora.

Daniel se aproximou, ajoelhou-se à sua frente e colocou uma mão firme sobre o ombro do rapaz.

— Você acredita, Guilherme. Ou não estaria aqui. O que viu hoje foi só uma fresta. O mundo está em guerra — sempre esteve. Mas em certas épocas, os portões do inferno se agitam mais. E quando isso acontece, o céu responde.

— E você… você tem poderes?

Daniel olhou para a própria mão, como quem recorda coisas que não pode esquecer.

— Não é poder como você pensa. É graça funcional. Capacitação sagrada, como os antigos profetas. Eu posso invocar a armadura de Deus — e não falo da metáfora paulina, falo da manifestação espiritual dela. Posso lutar com ela, como você viu.

— E os sonhos?

— Sim. Sonhos proféticos. Visões. Às vezes não durmo por dias. Porque quando durmo, viajo. E a sapiencidade...

— Sapienci... o quê?

— Sapiencidade. A sabedoria viva de Deus. Quando um Eclesiástico está conectado com o הוהי רבד (Davar YHWH) — a Palavra do Senhor — ele pode discernir os eventos, ler os acontecimentos, como quem lê um livro ainda não escrito. O presente, o passado, o que vem. Tudo se conecta. Tudo faz sentido.

— Então... você é tipo um... escolhido?

Daniel balançou a cabeça.

— Não é *glamour*. É missão. É sofrimento. Eu não pedi isso, mas aceitei. Porque o mal não espera ninguém. E o mal que está vindo... é maior do que você pode imaginar.

Guilherme engoliu seco. A ficha ainda caía em pedaços.

— Isso tem a ver com os dez dias que o demônio falou?

Daniel fechou os olhos por um instante. Quando os abriu, estavam sérios, sombrios.

— Sim. Dez dias até o selo ser rompido. O que foi contido será solto. E eu preciso preparar os outros.

— Outros?

— Você não acha que o Criador confiaria a salvação do mundo a apenas uma pessoa, acha?

Um raio distante cortou o céu, mesmo sem nuvem alguma visível. Guilherme estremeceu.

— E eu? O que faço agora?

Daniel se levantou, ajudando o rapaz a se erguer também. Olhou nos olhos dele, e havia compaixão e autoridade naquela voz que agora soava mais antiga que o próprio tempo.

— Agora, Guilherme... você escolhe. Vai continuar vivendo no escuro? Ou vai abrir os olhos?

— Eu não posso... eu não consigo terminar isso.

Daniel se ajoelhou ao lado dele, sem tirar os olhos do céu.

— Não precisa terminar. Só precisa continuar. A redenção não é um ponto final, Guilherme. É uma escolha diária. E hoje... você está prestes a fazer a escolha mais difícil.

Lá longe, sinos começaram a tocar. Mas não havia igreja. Nem sino. Eram os sons do outro lado. **Algo estava atravessando**.

Daniel se levantou.

— Está na hora. Os Despertos estão esperando. E o Reino... também.

As ruas pareciam congeladas no tempo.

Daniel e Guilherme correram por vielas invisíveis aos olhos naturais, atravessando portais entre o mundo tangível e o espiritual. As pessoas ao redor caminhavam como sonâmbulas — olhos vidrados, celulares nas mãos, corações desatentos. Não sabiam que a cidade estava prestes a ser palco de um dos maiores confrontos da história da humanidade.

Eles chegaram à Praça da Liberdade.

Mas não havia mais liberdade ali.

No centro da praça, uma rachadura enorme cortava o chão de mármore como uma ferida pulsante. Dela, se erguia um obelisco negro, envolto em fumaça viva, coberto de símbolos que pulsavam em vermelho-sangue. Espíritos deformados flutuavam ao redor, murmurando blasfêmias em uníssono. Acima deles, um céu roxo como de um hematoma ameaçava rasgar de vez.

Então, Ana apareceu.

— Tive que atravessar quatro linhas de opressão para chegar aqui — disse ela, com os olhos faiscando. — Mas trouxe cobertura.

Ela levantou os braços. Um escudo espiritual se formou como uma cúpula de luz sobre a praça, empurrando as trevas alguns metros para trás. Guilherme sentiu o alívio imediato, como se pudesse respirar pela primeira vez em dias.

— O Desarmador está vindo? — Daniel perguntou.

— Está em ação — Ana respondeu, já se posicionando com os joelhos no chão. — Ele foi direto para o epicentro. Disse que se não desativar o núcleo antes da meia-noite, Maetrea vai conseguir abrir o portal... e não haverá volta.

Guilherme arregalou os olhos.

— Então essa é a hora?

Daniel olhou para ele, sério como nunca.

— É agora ou nunca. E você é a chave.

Antes que ele pudesse responder, um som agudo atravessou o ar — como metal rasgando carne.

O céu se abriu. Não como se abrem as nuvens. Como se rasgassem os limites do mundo.

Um exército de sombras caiu do alto, liderado por uma figura colossal de seis braços, olhos múltiplos e uma coroa de espinhos invertidos. A voz da criatura soou como mil gritos num só:

— "ELE NÃO ESCAPARÁ!"

Daniel gritou:

— Ana, escudo máximo!

Ela cravou as mãos no chão. Luz jorrou como lava dourada, erguendo colunas ao redor deles. Mas as trevas já estavam dentro. O chão tremeu. Um clarão surgiu atrás deles.

Guilherme ainda tentava processar o que ouvira de Daniel quando o chão sob seus pés estremeceu novamente. Uma pulsação — não como a de um terremoto, mas como o som abafado de um coração batendo sob a terra. Denso. Ritmado. Anunciando algo.

— O que é isso? — perguntou, alarmado.

Daniel ergueu os olhos, os sentidos alertas. Seus olhos brilharam de leve, o tom dourado retornando.

— Uma bomba espiritual foi armada embaixo da cidade.

— Bomba espiritual?!

Antes que qualquer explicação viesse, o ar se partiu ao meio.

Como um tecido cortado com espada afiada, uma fenda brilhou à frente deles. Dela surgiu uma figura envolta em túnicas translúcidas que oscilavam entre prata, cinza e tons de azul celeste. Seus pés não tocavam o chão. E mesmo parado, parecia que ele se movia — como se o tempo ao seu redor tivesse sua própria rotação.

Seus olhos eram como dois espelhos vivos, refletindo realidades que Guilherme não conseguia compreender. E mesmo assim, diante daquele ser, ele sentiu paz... e pavor.

— Ele veio... — sussurrou Daniel, quase em reverência. — O Desarmador.

Guilherme recuou um passo. — O quê... ou quem é esse?!

O ser flutuante virou-se lentamente para Daniel. Sua voz quando falou não saiu pela boca, mas preencheu o espaço ao redor, ecoando direto nos ossos de Guilherme.

— Shalom, Eclesiástico. A contagem começou. A bomba foi armada no subsolo da Praça da Liberdade. É uma raiz de amargura amplificada com maldição ancestral. Se ativada, atrairá uma legião adormecida. Restam vinte e oito minutos.

Daniel assentiu com firmeza. — תואבצ הוהי (YHWH Tsevaot) está contigo.

E então, num piscar de olhos, o Desarmador transladou.

Era como se a luz se curvasse em torno dele. Num instante ele estava diante deles; no outro, a duzentos metros de distância, debaixo do obelisco central da praça. Guilherme arregalou os olhos.

— Ele... ele sumiu!

— Transladou — explicou Daniel. — É o dom específico que lhe foi dado. Ele se move entre os pontos da realidade conforme a vontade do Altíssimo.

Guilherme ainda tentava ver onde ele estava quando o chão da praça começou a rachar. Gases esverdeados emergiam como fumaça venenosa. Uma espécie de selo, desenhado com runas antigas, começou a brilhar no asfalto quebrado.

Ali, o Desarmador se ajoelhou. Estendeu a mão sobre o chão. Do centro de sua palma brotou uma escrita de fogo — תמא (Emet), "Verdade".

— O que ele está fazendo? — sussurrou Guilherme.

— Ele está discernindo a bomba espiritual. Essas maldições são feitas em camadas — culpa, sangue, ódio, idolatria. Somente alguém com discernimento absoluto e precisão cirúrgica consegue desarmá-las sem explodir tudo ao redor.

Enquanto falava, o Desarmador começou a mover as mãos como quem desmonta um mecanismo invisível. Estava claro que ele não apenas via o que estava oculto — ele interagia com ele.

Linhas douradas surgiram no ar, como circuitos celestes. Guilherme viu que elas se conectavam a símbolos flutuantes — inscrições em línguas esquecidas, talvez línguas de anjos. O Desarmador tocava uma, sussurrava algo, e ela se apagava como uma vela.

Mas então... uma corrente negra emergiu do solo, envolvendo seu braço. Um grito abafado ecoou pelo plano espiritual, e Guilherme sentiu seu corpo inteiro arrepiar.

— Eles tentaram selar a bomba com maldição reversa — disse Daniel. — Se ele errar o movimento... não sobra nem o continente.

O Desarmador, com calma sobrenatural, invocou uma lâmina de luz pura, não como a de Daniel, mas fina e curva como um bisturi espiritual. Ele cortou a corrente negra com precisão, e onde cortava, uma chama azul se acendia, como incenso celestial.

Por um momento, tudo parou. Até o tempo pareceu reter o fôlego.

Então, com um gesto final, o Desarmador pressionou ambas as mãos contra o solo e bradou em voz profunda e eterna:

— םולש אוה עושי (Yeshua Hu Shalom) — Jesus é paz.

Uma onda de luz explodiu silenciosamente, varrendo o solo. O selo no asfalto se apagou. As rachaduras se selaram. O ar ficou límpido, leve. O tempo voltou a correr.

O Desarmador se ergueu. Seus olhos — que antes refletiam mundos — agora refletiam só o céu.

Ele voltou para perto deles, translando com uma sutileza quase imperceptível. Estava ali. Sem som. Sem ostentação. Apenas presença santa.

— Está feito — disse. — Mas este foi apenas o primeiro ponto. Há mais.

Daniel assentiu.

— A linhagem dos Maus-Semeadores está ativa novamente.

Guilherme olhava para ambos como se tivesse sido atropelado por teofanias em sequência. Respirava fundo, as mãos nos joelhos, os olhos arregalados.

— Desculpa… vocês vivem isso todo dia?

Daniel sorriu, cansado, mas firme.

— Não todos os dias. Mas todos os dias… estamos prontos.

Guilherme soltou uma risada nervosa, quase incrédula.

— E eu achando que o máximo que você fazia era balancear equações químicas.

O Desarmador o olhou, e, por um breve instante, sorriu também.

— Até as equações químicas têm explosivos escondidos, Guilherme. O Reino não é metáfora. É guerra. Desativei metade do campo de energia! — ele gritou, ofegante. — Mas há uma armadilha. Eles querem forçar Guilherme a se sacrificar agora, aqui, sem compreender o que isso realmente significa.

Guilherme deu um passo à frente.

— Então me expliquem. O que realmente significa?

Silêncio. Daniel encarou Ana. Ela assentiu. Era hora da verdade.

Daniel olhou nos olhos de Guilherme, com o peso de mil batalhas na voz.

— Sua morte não é só um fim profetizado. É uma chave. Se você morrer como vítima, o plano de Maetrea se cumpre. Mas se você morrer como oferta, entregando sua vida como sacrifício voluntário, consagrado ao Criador… então tudo muda.

O Desarmador completou:

— Você não é só um alvo. Você é um portador.

— Portador de quê? — Guilherme sussurrou.

Ana respondeu, com lágrimas nos olhos:

— Da redenção para uma geração inteira. A que está presa no medo, nas sombras, no engano. Você precisa decidir de que lado vai ficar. Por muito tempo você se envolveu com magia negra achando que era brincadeira. Na verdade, Maetrea te preparou o tempo todo para ser a chave para ele abrir a porta das trevas para o mundo.

— Eu... eu... não sabia, achava que tudo era uma grande aventura, fiz por curiosidade, outras por maldade mesmo, outras porque ele me fazia sentir alguém de valor, mas não sabia que de fato essa dimensão existia. Eu não quero mais nada disso, o que eu preciso fazer?

— Você precisa tomar uma decisão — disse Daniel — decidir por Jesus, confessá-lo como seu único e suficiente Salvador, renunciar as práticas e os pactos malignos e convidar Cristo para entrar em seu coração.

—É só isso?? Não tenho que fazer nenhum ritual ou sacrifício?

— Gente, dá para ir logo com isso, não sei quanto tempo eu consigo manter esse escudo! — disse o Desarmador já sem forças.

As criaturas se aproximavam. O escudo começava a rachar. Maetrea surgia de novo — maior, mais sombrio, envolto em glória distorcida. Guilherme respirou fundo. Olhou para o céu. Para o chão. Para dentro. E fez sua escolha.

— O sacrifício já foi feito por Jesus na cruz, agora basta você se apropriar dele, então vamos, confesse antes que seja tarde demais! — bradou Ana antes de desfalecer e desativar o escudo.

Guilherme então disse:

— Então que a minha vida seja semente. Eu confesso Jesus como meu único e suficiente Senhor e Salvador e o convido para ENTRAR AGORA NO MEU CORAÇÃO!

Ele ajoelhou. Uma luz explodiu dele como o sol ao meio-dia. As trevas gritaram. Maetrea rugiu. E os céus… se abriram pela última vez naquela noite. Silêncio.

A cidade estava de pé — mas algo havia mudado.

O céu clareava devagar, como se hesitasse. Pássaros não cantavam. Carros estavam parados, como em transe. As pessoas voltavam a si sem saber que tinham estado em guerra.

Na praça, tudo o que restava era uma marca incandescente no chão, e em torno dela o corpo de Guilherme. Ele parecia morto, e de fato, naquele dia, ele morreu, mas para renascer em uma nova vida. E ao redor dele havia uma grama que brotava... verde como a esperança.

Daniel observava de longe, ao lado de Ana e do Desarmador. Nenhum deles dizia uma palavra. Até que, no horizonte, algo se moveu.

No topo de um prédio abandonado, uma figura encapuzada observava a cena, olhos vermelhos brilhando por entre as sombras. Um livro antigo flutuava diante dele, páginas virando sozinhas ao vento. A figura fechou o livro com um semblante muito taciturno. E sussurrou para si mesmo:

— É o começo do fim. **Agora faltam apenas dez dias…**

I

O ANÚNCIO

O ar estava parado. Nenhum som, nenhum vento, nenhuma dor. A primeira coisa que Guilherme sentiu não foi o frio. Foi o silêncio. Um silêncio tão absoluto que o fez duvidar se ainda estava vivo. Então vieram as batidas do próprio coração. Compassadas, limpas. Mas… diferentes. Como se aquele músculo soubesse que agora pulsava sob outra frequência.

Abriu os olhos devagar. Estava deitado sobre pedras antigas, esculpidas com inscrições que brilhavam tenuemente em hebraico antigo:

“םיִהֹלֱא יִל אָרְב רוֹהָט בֵל”
(*“Cria em mim um coração puro, ó Deus…”* – Salmo 51:10)

Tentou se levantar, mas sentiu o peso do mundo novo sobre os ombros. Não um peso de culpa — isso havia sido levado — mas o peso da missão.

— Onde estou…? — murmurou.

Ao redor, um salão circular, talhado em rocha viva, com colunas que pareciam tocar o céu. Lâmpadas de fogo pairavam no ar, sem fonte, sem combustível, apenas presença. E no centro, uma figura. Longa túnica branca, olhos como lâmpadas. O Intercessor.

— Você renasceu, Guilherme. — a voz não ecoava, ela se assentava.

Guilherme levou as mãos ao peito. Nada de feridas. Nada de marcas. Só a cicatriz em forma de cruz sobre o coração — a mesma forma que Daniel carregava na armadura quando gritava "Ephatá!".

— Eu... morri?

— Sim, e não. Você foi sepultado em si mesmo. Mas agora... nasceu do Espírito.

O Intercessor caminhou até ele, e sua presença fazia o chão respirar. O céu estava denso. O tempo parecia ter prendido a respiração.

Guilherme despertou em meio a um campo de tons dourados e acinzentados. Não sabia se era sonho, visão ou morte. Mas ali tudo parecia mais real do que a própria vida.

Foi quando viu a figura se aproximar. Um homem de estatura mediana, idade avançada, não tinha cabelo, envolto em um manto negro que não tocava a terra. Havia peso em sua presença, mas nenhum som em seus passos. Ele caminhava como quem não precisa ser notado — porque simplesmente é.

Guilherme recuou um passo, instintivamente.

— Quem é você? — perguntou, com a voz embargada entre o temor e a curiosidade.

O homem sorriu, mas era um sorriso cheio de séculos.

— Já fui conhecido por muitos nomes... Em tempos antigos, me chamaram de Vigia. Outros me chamaram de Portador. Alguns poucos me conheceram como o Vazio entre as Palavras. Mas hoje... — ele fez uma pausa breve, e seu olhar penetrou fundo na alma de Guilherme — ... hoje me chamam de Intercessor.

Um arrepio percorreu a espinha de Guilherme.

— Intercessor? — repetiu.

— Sim. Sou aquele que sangra entre as guerras. Que vela quando vocês dormem. Que clama quando não há voz. Que suplica quando o céu parece de bronze. Que permanece quando todos recuam. Aquele que na torre fica de vigília até a resposta de Deus ser trazida à existência deste plano natural a partir do plano espiritual.

O silêncio caiu como véu.

— E onde estou? — Guilherme sussurrou.

— Entre os reinos — respondeu o Intercessor — Na fenda entre o visível e o eterno. Aqui é onde os escolhidos acordam. E você... Guilherme... foi despertado.

O jovem engoliu em seco. O nome dele, dito por aquele homem, parecia ter um som novo. Carregado de destino.

— Por que eu? — ele perguntou.

O Intercessor não respondeu de imediato. Em vez disso, começou a caminhar em círculo ao redor de Guilherme. A cada passo, o chão sussurrava nomes. O ar tremia com visões, até que ele falou:

— Porque você morreu… e voltou. Porque carrega marcas que não se curam com o tempo. Porque o Espírito te chamou antes mesmo de você entender o que era chamado.

Ele tocou o peito de Guilherme, sobre a cicatriz em forma de cruz.

— Você não foi apenas perdoado. Foi selado. E não caminhará sozinho.

Então, ele estendeu o braço e o espaço ao redor se rasgou como véu de templo.

Imagens tomaram forma no ar, uma a uma, como visões proféticas se condensando em carne e propósito.

— Deus, de tempos em tempos, levanta pessoas para fazer a sua obra. Eles são acordados da letargia do mundo para servi-lo. São chamados de Despertos. Nesta era eu sou um dos mais antigos, mas não sou o único, sabemos que existem muitos que não se dobraram ao deus deste século.

O Intercessor estendeu a mão e a fenda rasgada no espaço revelou um novo plano. O ambiente ao redor se transformou em um vasto campo entre luz e sombra. Ecos de nomes antigos sussurravam entre as rajadas de vento que não vinham de lugar algum.

— Agora, Guilherme, escute com o coração. O Espírito não te chama para caminhar só. Existem outros… Despertos. Cada um com um dom concedido do Alto. Cada um arrancado do torpor do mundo para vestir o fardo da glória. Eles virão até você… ou você será levado até eles. Mas todos foram selados como você.

Ele fez um gesto circular com o dedo, e imagens começaram a se formar ao redor, pairando no ar como hologramas de fogo.

Geraldo – O Leitor dos Sinais

Um homem de idade incerta apareceu, sentado diante de uma tapeçaria de línguas entrelaçadas. Seus lábios murmuravam palavras que pareciam abrir portais no ar. — Geraldo possui o dom de interpretação de línguas. Nem sempre ele fala, mas quando fala, traduz as falas do céu, os gemidos do espírito e os idiomas esquecidos da Antiguidade. Ele ouve o que ninguém mais entende. Vozes que não são daqui.

Melquisedeque – O Curador Silencioso

A figura seguinte era de um homem com mãos que brilhavam como metal aquecido. Tocava enfermos e o corpo deles respondia como a terra à chuva. — Melquisedeque foi confiado com o dom de curas. Mas não apenas físicas. Ele toca também feridas da alma. Porém, há um preço: ele sente em si o eco da dor que retira dos outros.

Lídia – A que Move o Impossível

Então, uma mulher surgiu de pé diante de uma multidão. Seus braços erguidos convocavam algo invisível. A realidade ao seu redor tremia. — Lídia opera maravilhas. O impossível se curva quando ela clama. Mas ela sabe: não é por força, nem por poder, mas pelo Espírito. Cada milagre é uma ruptura no tecido da naturalidade.

Leandra – A Guardiã do Conhecimento

Uma jovem caminhava por corredores infindos repletos de livros sem capa. Ela tocava um e, ao instante, compreendia mistérios escondidos por eras. — Leandra carrega o dom da palavra do conhecimento. Ela sabe o que nunca estudou. Ela revela segredos escondidos nos corações. Mas o conhecimento pesa e exige sabedoria para não se tornar orgulho.

Miguel – O Mistério Silenciado

Por fim, uma figura envolta em sombra e luz. Um jovem de semblante tranquilo, mas olhos inquietos. Seu nome foi sussurrado pelo vento. — E este é Miguel, o mais jovem. O mais inquieto. Seu dom ainda não se revelou por completo. Mas os céus estremeceram quando ele foi tocado. Há algo adormecido nele que nem mesmo eu compreendo... e quando despertar, trará ruptura.

— Ana, a Escudeira. Vigilante no espírito. Seu escudo é a oração. Ela vê o que outros ignoram. Sua intercessão é muralha. Onde ela pisa, a serpente recua.

— O Desarmador. Os olhos treinados pela luz. Ele lê armadilhas nos ambientes, desfaz pactos ocultos, silencia acusações. Suas mãos carregam autoridade para desmontar estruturas que o mundo chama de normais. Invoca anjos e se desloca pelas dimensões espirituais ao sabor da vontade divina.

E então, com reverência, o Intercessor curvou levemente a cabeça:

— O Eclesiástico. O Guardião da Palavra. Ele não apenas lê o Livro — ele é lido por ele. Entende os ciclos, os códigos e os decretos. Quando ele fala, os portões se abrem ou se fecham. Ele carrega governo. É o mais silencioso… porém, é o mais temido pelas trevas. Carrega um legado geracional, e mais que um título, ele carrega uma responsabilidade servil. Mesmo reticente no início de seu chamado, hoje é o bisturi do Criador para operar um mundo moribundo e terminal.

As imagens desapareceram como neblina dispersada pela glória. O Intercessor fechou a mão, e as imagens se dissiparam como fumaça voltando ao céu.

— Eles são como você, Guilherme. Despertos. Semeados em tempos diferentes, mas chamados para o mesmo fim. E agora, o tempo da reunião está próximo.

— Eles são parte da equipe. Mas agora... você precisa saber quem você é.

O Intercessor parou diante de Guilherme. Seu semblante era de alguém que vê o fim desde o começo.

— Você é aquele que carrega redenção nas veias. Quando você andar, os esquecidos lembrarão. Quando você falar, os mortos em espírito estremecerão. Quando você for atacado, o céu responderá. Você renasceu de um mundo de pactos diabólicos, era a arma do inimigo, mas foi remido e resgatado para ser a arma definitiva de Deus na batalha final. Eles podem até achar que daqui a dez dias você será sacrificado para abrir o portal do Anticristo, mas se você for sábio e obediente será o cavalo de troia do reino dos céus para que essa porta, ao invés de ser fechada, seja selada, pois ela nunca prevalecerá contra a noiva de Cristo.

Guilherme ainda sentia as imagens gravadas no peito como ferro em brasa. Cada nome, cada rosto, cada dom.

— E o que faremos… quando estivermos juntos? — perguntou.

O Intercessor sorriu, mas era um sorriso cheio de compaixão e guerra.

— Vocês serão voz no silêncio, luz na penumbra, rachadura no domínio do Adversário. Porque onde há um Desperto… há um eco do Reino que está por vir.

— E o que devo fazer agora? — Guilherme perguntou.

O Intercessor estendeu a mão, e uma escadaria de luz surgiu no campo, ascendendo até onde a vista não alcançava.

— Você sobe e eles te encontrarão. Quando Ana erguer o escudo, quando o Desarmador tocar o solo e quando o Eclesiástico abrir o Livro... então saberás: chegou a hora.

Ele deu um passo para trás, e a luz brilhou com mais intensidade.

— Mas, lembre-se… o chamado não é glória. É cruz. E nela tudo começa.

Guilherme subiu o primeiro degrau. O céu o esperava. Mas a terra precisava dele mais ainda.

— O que foi dito é verdade: a maldição segue viva. Mas não mais sobre você. Ela agora se move para além de ti, buscando cumprir-se na terra. Como Herodes buscou matar o Cristo menino, o Inimigo agora busca catalisar o Anticristo — por meio do caos, da desordem e da falsificação da verdade.

Guilherme piscou, tentando compreender. As visões vinham em lampejos: Daniel gritando, Ana erguendo escudos de luz, o Desarmador interceptando explosões de trevas, e… Maetrea, no trono do engano.

— Você tem dez dias — disse o Intercessor. — Mas agora, não para salvar sua vida, e sim para impedir que o selo seja rompido.

Um sino espiritual soou sem tocar metal algum. Do alto, uma tábua de luz se desdobrou com palavras que Guilherme lia como se sempre soubesse hebraico:

"Porque é necessário que venha a apostasia, e então se manifeste o homem do pecado, o filho da perdição." Ele subiu mais alguns degraus...

— 2 Tessalonicenses 2:3.

O Intercessor continuou:

— O mundo está sendo preparado. Redes digitais, manipulações culturais, adoração ao eu, destruição da verdade... tudo é pavimentação.

Guilherme terminou aquele pequeno mas interminável jogo de degraus. A armadura ainda não estava sobre ele, mas a chama já ardia por dentro.

— E o que eu faço agora?

O Intercessor sorriu com os olhos.

— Você anda. Você fala. Você ouve. E quando chegar o momento, você guerreia. Daniel te encontrará. E quando ele gritar "Ephatá", você saberá que também pode.

Uma passagem se abriu à sua frente — uma escada descendo até o mundo. Mas antes que desse o primeiro passo, o Intercessor falou uma última vez:

— Você não tem mais que provar nada, Guilherme. Você agora é filho. João 1:12. Mas aos filhos é dada a autoridade. E aos que conhecem a verdade, a responsabilidade.

E então:

— Vá. O dia 10 começou!

Guilherme então desapareceu e acordou na cama de sua casa. Não sabia se tinha vivido a pior noite de sua vida ou estava sendo vítima de um devaneio onírico. Ele simplesmente levantou, tomou um café e na hora de tomar um banho diante do espelho se espantou, pois a cicatriz estava lá.

Do outro lado do mundo — ou talvez apenas do outro lado da cortina — Daniel estava em pé sobre um terraço de concreto, encarando uma metrópole que não dormia. Carros, drones, luzes de propaganda, *outdoors* vibrantes com *slogans* vazios: "Sinta o agora", "Liberte-se da culpa", "Você é sua verdade".

Mas não era só isso. O horizonte era um amontoado de estruturas verticais, algumas belas em sua engenharia, mas todas vazias de propósito. Torres de vidro com cruzes invertidas feitas de neon. Telões mostrando influencers pregando uma espiritualidade rasa, patrocinada por marcas de autoajuda. Uma névoa densa cobria as ruas lá embaixo — não era poluição comum, era densa, quase espiritual, como se carregasse sussurros. Nas vielas, projéteis de prazer instantâneo eram vendidos por inteligências artificiais travestidas de gurus. Crianças passavam com olhos digitais — *chips* implantados substituíam as memórias reais por experiências simuladas. Os cemitérios haviam sido convertidos em spas. Os templos, em casas de entretenimento. E nos telhados, símbolos antigos — runas distorcidas, olhos com lágrimas de sangue, e torres com pequenos altares de sacrifício onde o culto era à "autoimagem".

Daniel via tudo aquilo, mas seus olhos estavam treinados. Ele enxergava além do concreto. Ele via os cordões de manipulação. Os tentáculos do Adversário entrelaçando desejos, sistemas, instituições. Aquela cidade não era apenas decadente — era programada para apostasia.

— Como um vírus… — ele sussurrou, enquanto segurava nas mãos um fragmento de pergaminho queimado. Nele, ainda legível: "E até o eleito, se possível, será enganado" (Mateus 24:24).

Ana se aproximou, vestida com roupas simples, mas com olhos que pareciam guardar séculos. Sua boca como sempre ficava tampada pela gola rolê de sua camisa, não era frio ou timidez. Ela tinha traqueostomia, um buraco em sua garganta feita pelo Intercessor anos atrás para salvá-la de um ataque alérgico plantado por demônios em uma noite despretensiosa em um restaurante.

Ela o olhou, séria:

— Você sentiu?

— Sim. Ele acordou.

— Então temos menos de dez dias.

Daniel assentiu. Em sua mente, a lembrança da noite em que conheceu Guilherme, ainda cético, ainda ferido. Agora, ele era parte da linha de frente. E essa linha estava prestes a se romper se eles não agissem.

Ana abriu um compartimento na parede. Dentro, uma caixa metálica com três objetos: um shofar, um pequeno livro selado e uma pulseira com inscrições em latim.

Daniel se aproximou com respeito. Cada item parecia carregar uma presença.

— Esses foram liberados.

O shofar era feito de chifre escuro, mas com entalhes dourados em forma de espirais ascendentes. Este não era apenas um instrumento de som, mas de ruptura.

— Foi moldado em Judá, selado em Sião e enterrado em Petra.

Era usado apenas quando ciclos precisavam ser encerrados — ou iniciados à força. Quando tocado, os véus entre os mundos tremiam, e antigos portões respondiam.

O livro selado tinha aparência simples, com uma capa de couro escuro que parecia pulsar ao toque. Nenhuma escrita visível por fora, apenas um selo prateado em forma de chama.

— Chamam-no de Livro dos Sinais, mas é mais do que isso.

Ele se abria sozinho, uma página por vez, conforme os eventos proféticos se desenrolavam. Abri-lo antes do tempo era suicídio espiritual. Daniel sabia disso. Mas naquele momento, o livro estava se abrindo sozinho. E isso dizia tudo.

A pulseira com inscrições em latim era forjada com prata vinda do Monte Nebo. As palavras diziam: *"Non nobis, Domine, sed nomini tuo da gloriam"* ("Não a nós, Senhor, mas ao Teu nome dá glória.").

Era um selo de humildade para quem carregaria autoridade nos próximos dias. Quem a usasse teria dons ampliados, mas apenas se resistisse ao orgulho. Era um artefato de prova — e de risco.

— O Livro dos Sinais? — Daniel perguntou, olhando com temor reverente.

— Sim. Ele começou a abrir.

Daniel passou a mão sobre a capa. Ao tocá-la, sentiu algo percorrer sua espinha como um trovão sagrado. As palavras se rearranjavam sozinhas:

"E vi quando o Cordeiro abriu um dos selos..." (Apocalipse 6:1).

Eles sabiam o que aquilo significava. Não estavam apenas numa guerra cultural ou moral. Era uma guerra cósmica por narrativas. E quem dominasse a verdade, dominaria as almas.

Ana olhou para a cidade e murmurou:

— Ela já começou, não é?

Daniel assentiu com pesar.

— Sim. O plano de Maetrea se chama Unificação. Mas não no sentido nobre. Ela quer unificar o mundo sob uma única narrativa, uma fé falsa, uma linguagem única... onde ninguém ouse discordar sem ser silenciado.

— O espírito de Babel... — Ana completou.

— Reembalado. Agora com estética de empatia, inclusão e liberdade. Mas no centro, está o controle. As escolas já não ensinam — programam. As artes já não expressam — doutrinam. As igrejas... algumas já dobraram o joelho.

— E os que resistem? — Ana perguntou, firme.

— Estão sendo mapeados. Silenciados digitalmente. Cancelados fisicamente. A torre que Maetrea ergueu não é de pedra — é de dados. E ela quer usar o Despertar de Guilherme como isca.

— Pra quê? — Ana já sabia, mas precisava ouvir.

— Pra puxar os outros. Um por um. Se ela corromper o novo ungido, os que vierem depois serão desestabilizados antes de se firmarem. Ela quer infiltrar as fileiras da Luz antes que a Luz se estabeleça por completo.

— Onde está Maetrea? — Ana perguntou.

Daniel fechou o livro.

— Na torre.

No alto da torre de dados, onde o concreto era negro como obsidiana e o céu parecia mais próximo, Maetrea permanecia imóvel diante de um painel translúcido. As imagens à sua frente dançavam: câmeras de segurança, fluxos de dados, redes sociais, exames médicos, sonhos interceptados. Guilherme aparecia em vários ângulos — dormindo, orando, escrevendo, suando frio. Ainda inconsciente de quão profundamente já estava envolvido na trama.

Atrás dele, seus súditos — espectros com formas mutáveis, alguns humanoides, outros impossíveis de descrever — aguardavam. Eles murmuravam entre si em línguas esquecidas. Ecos distorcidos de vozes humanas misturadas a chiados digitais. Cada um representava um arquétipo corrompido: prazer, poder, prestígio, distração.

Maetrea levantou uma mão fina, coberta por luvas negras com dedos alongados. O silêncio caiu como uma sentença.

— Ele viu — disse ela. Sua voz era suave como veneno em taça de cristal. — Mais do que isso: ele sentiu. O tipo de contato que marca a alma.

Um dos espectros se arrastou até ela.

— Devemos apagar a lembrança?

Maetrea sorriu. Um sorriso pequeno, como quem contempla uma armadilha já armada.

— Não. Apagar seria tosco. Humano demais. Ele precisa duvidar. Precisa crer que tudo foi exagero emocional. Um lapso químico. Uma projeção de traumas inconscientes somados ao estresse da viagem.

Ela deu um passo à frente, os olhos presos nas imagens de Guilherme tremendo debaixo do cobertor.

— Vamos alimentá-lo com vozes familiares: a lógica do mundo, o bom senso, os manuais de psicologia secular. Diremos que o que ele viveu foi... lindo, mas subjetivo. Que não há como ter certeza de nada. Que verdade é questão de perspectiva. Que fé, afinal, é só uma forma de lidar com o desconhecido.

Ela tocou o painel. O rosto de Guilherme congelou na tela. A luz sobre ele oscilava como se os próprios algoritmos hesitassem diante daquilo que não podiam medir.

— O mundo já está quase pronto — continuou. — Usamos o relativismo como anestesia — agora ninguém afirma nada com convicção sem ser acusado de intolerância. O dualismo fez o restante: convenceram-se de que podem viver entre luz e trevas, entre mentira e meia verdade, entre Cristo e caos.

Os espectros riram. Um som que não deveria existir.

— E o pragmatismo? — perguntou uma sombra que lembrava um executivo bem-vestido.

Maetrea virou-se para ele com prazer contido.

— Ah, o pragmatismo... A pérola moderna. Não importa se é verdade, importa se funciona. Não importa o que é bom, importa o que dá resultado. Eles não querem ser santos — querem ser eficazes.

Outro espectro, de rosto coberto por cifrões em movimento, completou:

— O materialismo também está rendendo. Até as igrejas estão pregando prosperidade mais que renúncia. Fé virou escada, não altar.

Maetrea ergueu as mãos como quem rege uma orquestra invisível.

— Eles não precisam adorar a mim. Basta que adorem a si mesmos.

Silêncio.

Então, ela se aproximou de uma mesa de pedra escura, onde um mapa pulsante da cidade se expandia e retraía como um coração doente.

— Guilherme é... sensível. Ainda não despertou por completo, mas já foi tocado. Há sementes nele que, se regadas, florescerão em revolução. Por isso, precisamos impedi-lo de crer. Antes que ele descubra o que carrega. Antes que se lembre de quem é.

Ela inclinou levemente a cabeça.

— Vamos cercá-lo com ruído. Daremos alternativas. Convicções provisórias. Pensamentos bonitos, mas estéreis. E quando ele procurar sentido, ofereceremos distrações.

Seu tom ficou mais grave. A temperatura no ambiente caiu.

— E se ele persistir... Se resistir ao ruído... Então, lançaremos o espelho.

As entidades estremeceram. Até elas temiam o espelho.

— Mostraremos a ele o pior de si mesmo. E diremos: "Você acha mesmo que foi escolhido?"

O chão pareceu tremer levemente.

— Se ele cair, os outros hesitarão. Se ele negar o que viu, atrasaremos o ciclo. E com mais tempo... mais portas se abrirão. O mundo gritará por um salvador, e nós teremos alguém pronto para o papel.

Ela caminhou até uma janela oval, onde a cidade se estendia como um circuito exposto. Seu olhar atravessava tudo.

— O Anticristo não precisa vir à força. Ele será convidado. Aplaudido. Desejado. E quando chegar... será tarde demais para muitos.

Um riso suave ecoou. Não histérico. Não maligno no estereótipo. Mas doce. Como o açúcar que camufla o veneno.

Ela se virou para a assembleia das sombras.

— Preparem as vozes. Preparem os sussurros. Ele pode ter ressuscitado... mas o mundo não o reconhecerá. Ele andará invisível, enquanto nós nos tornamos irresistíveis.

E então:

— O Anúncio foi feito. Agora, preparem o grande engano.

Um dos espectros perguntou:

— E se Guilherme crer, mesmo assim?

Maetrea respondeu sem olhar para trás:

— Então... ele terá que ser destruído.

O som de notificações. A luz azul do celular piscando. O cheiro de café instantâneo que vinha do corredor. Guilherme acordou como se tivesse sido engolido por um sonho e cuspido de volta ao mundo.

Por um momento, tudo parecia... comum.

Seu quarto na república universitária ainda estava ali. A mochila jogada no chão, o pôster de uma banda indie colado na parede com fita, a Bíblia semiaberta sobre a mesa — marcada no capítulo errado. A janela entreaberta deixava entrar o barulho da cidade: buzinas, sirenes, risos falsos vindos de um *podcast* qualquer no apartamento ao lado.

Ele esfregou o rosto com força. Esperava sentir alguma coisa — medo, fervor, qualquer resquício da noite anterior.

Nada.

Ou melhor, tudo.

Porque a confusão invadia como um nevoeiro.

As lembranças de ontem vinham em *flashes* fragmentados. O homem misterioso. O fogo que não queimava. O toque. A paz insuportável. O mundo espiritual rasgado como véu diante de seus olhos.

Mas agora... tudo aquilo parecia distante. Quase ridículo.

Ele se levantou e foi até o espelho. Olhou para si mesmo. A mesma cara de sempre. Os mesmos olhos. Mas algo... algo o observava de volta.

Uma notificação apareceu em sua tela:

"*Podcast* disponível: 'Delírios Coletivos – Como a Fé se Torna Psicose'."

Ele ignorou. Ou tentou. Mas clicou.

— Hoje vamos falar sobre os mecanismos psicológicos por trás de experiências religiosas intensas. Seria Deus ou seria o córtex pré-frontal buscando sentido em meio ao caos?

Guilherme pausou o episódio. O coração batia mais rápido, como se estivesse prestes a esquecer algo essencial. Como se tivesse perdido um pedaço de si durante o sono.

Abriu a Bíblia sobre a mesa.

A marcação não estava onde ele lembrava. Ao invés de Lucas 24, estava em Provérbios 14:12:

— Há caminho que ao homem parece direito, mas o fim dele são os caminhos da morte.

Ele franziu o cenho.

— Não foi isso que li ontem…

Sua mente tentava racionalizar. Talvez tenha sido um sonho. Ou alucinação. Estresse da viagem. Doença. Autoengano... Tudo fazia mais sentido do que aceitar que algo divino — ou demoníaco — de fato tinha acontecido.

Foi quando uma voz — fina, calma, mas impossível de localizar — sussurrou dentro dele:

— Você viu o que queria ver. Estava fragilizado. Tudo bem. Todos precisam acreditar em algo… por um tempo.

Guilherme virou-se, como se alguém estivesse no quarto. Ninguém. Mas o frio na espinha não mentia.

— O que é verdade, afinal?

— Não é tudo uma questão de ponto de vista?

— Você não pode provar nada do que sentiu ontem…

— Você está melhor agora, não está?

Ele sentou-se na cama, mãos na cabeça. Tentava orar, mas as palavras sumiam.

Uma notificação nova. Um vídeo. Uma "meditação guiada para lidar com culpa e pressão espiritual". Curado pela lógica. Pacificado pelo ruído.

Mas então…

Uma brisa entrou pela janela. Uma página da Bíblia virou sozinha. Lentamente.

Era João 10. "As minhas ovelhas ouvem a minha voz, e eu as conheço, e elas me seguem."

Guilherme não soube dizer o motivo, mas lágrimas surgiram.

Ele não estava louco. Ele tinha ouvido uma voz. E ela ainda ecoava. Mesmo que o mundo gritasse o contrário.

Na pequena quitinete onde Guilherme agora respirava, o selo sobre o seu peito brilhava como brasa viva. O símbolo da cruz estava cercado por algo novo: uma chama que girava em espiral, como línguas de fogo.

Ele não sabia ainda, mas aquilo era o sinal dos Nascidos do Espírito. E ao sair dali, ouviu, em seu espírito:

> ***"Desperta, ó tu que dormes, e levanta-te dentre os mortos, e Cristo te iluminará."*** (Efésios 5:14)

Dez dias. Dez oportunidades para que o mundo conheça o Verbo antes que venha o Anticristo.

Ele mais uma vez tentou se convencer de que tudo aquilo era parte de um devaneio e foi trabalhar.

REVELAÇÃO FINAL

DIA 10

"NO DÉCIMO DIA, ELE CAIU. E, AO CAIR, ABRIU-SE A FENDA ONDE OS HOMENS OUVEM A VOZ DO CÉU E A RISADA DO INFERNO AO MESMO TEMPO."

NÃO ERA A MORTE. ERA O INÍCIO.

POIS AQUELE QUE NASCE DO ESPÍRITO, AINDA QUE ESTEJA MORTO, VIVERÁ.

O PRIMEIRO SELO JÁ SE PARTIU. E COM ELE, O MUNDO CORRE AO ENCONTRO DO FALSO MESSIAS, AQUELE QUE CAVALGA UM CAVALO BRANCO, MAS CARREGA PALAVRAS VAZIAS E PROMESSAS DOCES COMO VENENO.

GUILHERME VOLTOU. MAS NÃO É O MESMO. O TEMPO NÃO ESPERA, E OS CÉUS ESTÃO EM SILÊNCIO, AGUARDANDO O ECO DE SUA ESCOLHA.

HÁ DEZ DIAS. E DEZ CHAVES ESCONDIDAS NO CORAÇÃO DOS DESPERTOS.

SE AO FIM NÃO HOUVER ARREPENDIMENTO... O FILHO DA INIQUIDADE TOMARÁ FORMA, E O MUNDO SERÁ ENVOLTO NA MAIOR MENTIRA JÁ CONTADA.

MAS SE HOUVER FÉ...

SE HOUVER FÉ...

AINDA HAVERÁ TEMPO.

11

O CHAMADO

Guilherme estava convicto de que precisava retomar a vida. Trabalho, aula na faculdade de Química, café com os amigos, alguma série aleatória para distrair a mente. O mundo girava, e ele não seria aquele que ficaria parado vendo coisas.

Mas o mundo... ele não parecia o mesmo.

Na rua, as pessoas pareciam distantes, estranhamente mecânicas. Riam de coisas vazias, falavam ao telefone como se fossem comandadas. Um *outdoor* digital piscava com interferência estática — por um breve momento, Guilherme viu a imagem distorcida de uma figura encapuzada, com olhos vermelhos e sorriso largo demais.

A imagem sumiu.

Ninguém mais pareceu notar.

A Universidade de Ciências Exatas ficava no alto de uma colina coberta por prédios de vidro e aço. Um monumento à razão. Guilherme a observava do portão, mochila nas costas, e uma sensação incômoda no peito — não medo, mas uma inquietação que ainda não sabia nomear.

No mural de entrada, uma frase gravada em bronze:

"A única verdade absoluta é que toda verdade é relativa." — Pr. Dr. Marcus Aurélius Treade.

Era o nome dele. O mentor. O homem que o recebera com um sorriso largo no primeiro dia e cuja presença dominava os corredores como uma sombra elegante.

Dr. Marcus Aurélius era uma figura admirável: fluente em dez idiomas, viajado, doutor em química e ciências da experiência. Suas aulas não eram monótonas, eram hipnóticas. Ele falava como quem conhecia os céus... e também o inferno.

Na primeira semana, Guilherme sentiu-se inspirado. Finalmente, alguém que conciliava a ciência e a razão. Experimentos e física. Química e filosofia. Alguém que parecia ter respostas para perguntas que ninguém ousava fazer.

Mas algo estava errado.

Pequenos detalhes.

Ele nunca falava sobre o nome de Jesus com reverência. Chamava-O de "o símbolo do Logos encarnado". Referia-se ao Espírito Santo como "a Consciência Coletiva". E sempre que Guilherme citava um versículo com convicção, ele sorria com compaixão, como se dissesse: "Você ainda vai entender..."

Naquela manhã, ao final de uma palestra sobre a origem mitológica dos evangelhos, Marcus o chamou para um café particular.

— Você tem potencial, Guilherme — disse ele, sentado à frente com uma xícara fumegante entre os dedos finos. — Mas ainda se agarra demais à ideia de que existe certo e errado. Isso é... medieval.

Guilherme engoliu em seco.

— Não acredito que fé e razão se excluem.

— Claro que não. — o professor sorriu, com os olhos fixos nele. — Mas fé é uma linguagem. E como toda linguagem, é simbólica. As Escrituras, por exemplo, são como poesia — não como manual técnico.

Guilherme franziu o cenho.

— E o que fazemos com a Verdade?

O olhar do mentor endureceu por uma fração de segundo. Foi quase imperceptível. Mas ali algo brilhou. Não luz. Mas trevas elegantes, sutis, convincentes.

— A verdade... — ele disse, se recostando — é um convite. Não uma imposição. Um mapa desenhado em areia.

Guilherme não respondeu.

Do lado de fora, um corvo empoleirado na janela os observava.

Após o intervalo, o professor interrompe a aula para ler uma notícia urgente: um levante espiritualista extremista tomou conta de uma embaixada em Israel. Nenhuma reivindicação política, nenhuma exigência. Apenas uma frase deixada nas paredes com sangue:

"O falso trono será erguido sobre a ignorância dos povos."

Guilherme engole em seco.

Ao sair da aula, Guilherme avistou Ana encostada em uma coluna da biblioteca antiga. Vestia-se de modo simples, moletom e calça jeans, mas havia algo em seus olhos que o desconcertava — como se fossem tochas vivas, refletindo uma realidade que ele tentava esquecer.

Ela não sorriu. Apenas o encarou.

— Você ainda está fugindo?

Ele suspirou, jogando a mochila no ombro com mais força do que o necessário.

— Então você existe mesmo. Qual era o seu nome? Ana? Olha aqui... eu não fugi. Só... não tenho certeza do que vi.

— A guerra não precisa da sua certeza, Guilherme. Ela já começou.

Sem lhe dar chance de responder, Ana virou-se e o guiou com passos decididos. Cruzaram uma escadaria e seguiram por um caminho lateral, até uma praça discreta entre os prédios do campus — um espaço que, curiosamente, naquele momento estava absolutamente vazio. Nem um estudante, nem um vigia.

Ali, esperando sob a sombra de uma árvore torta, estavam Daniel, o Intercessor e o Desarmador. Os três estavam tensos, como sentinelas no limite da paciência. O ar parecia mais denso, como se as moléculas do lugar soubessem que algo estava prestes a acontecer.

Guilherme franziu a testa ao vê-los, mas Daniel se adiantou e colocou uma mão firme sobre seu ombro.

— Guilherme, sua maldição não é só sobre você. É sobre todos. Se você não aceitar o seu chamado, a brecha continuará aberta. A contagem não vai parar.

— A contagem... — Guilherme soltou uma risada nervosa. — Escuta, Daniel... isso tudo é doentio. Aquela cruz que você me deu... você fez alguma coisa com ela? Alguma toxina? Um alucinógeno, sei lá?

Daniel hesitou por um instante, ferido.

— Você sabe que eu jamais faria isso com você. Não foi delírio. Foi revelação.

— Eu não sei mais de nada. Só sei que desde que te encontrei, minha vida virou um pesadelo. Eu confiei em você. E agora... agora parece que tudo foi armado pra me deixar paranoico.

— Guilherme... você foi escolhido. Isso não é loucura, é propósito.

Antes que Daniel pudesse continuar, passos soaram. Lentos. Deliberados.

— Guilherme? — disse uma voz conhecida, suave como veludo, mas com um peso sutil por trás.

Eles se viraram. O Dr. Marcus se aproximava, vestindo paletó escuro e segurando um livro com capa de couro. Seus olhos estavam calmos, porém intensos. Como uma serpente debaixo da água.

— Professor? — disse Guilherme, visivelmente aliviado. — O que você está fazendo aqui?

— Estava a caminho do laboratório e vi você entrando por aqui. Fiquei preocupado. — Ele lançou um olhar de relance ao grupo. — Está tudo bem com você?

— Ele está em boa companhia — disse Daniel com um olhar firme.

Marcus manteve a postura educada, mas sua voz trazia veneno coberto de seda.

— Daniel... você ainda está espalhando esses contos apocalípticos? Você já foi o professor mais brilhante deste campus. Mas esse fanatismo... — ele suspirou, fingindo pesar — acabou com sua lucidez. E, sinceramente, com seu profissionalismo também.

Virou-se para Guilherme:

— Ele não é mais digno da sua atenção. Nem da minha.

— E você é? — Daniel rebateu, dando um passo à frente. — Fingindo se importar, quando tudo que quer é apagar a centelha que está crescendo dentro dele?

— Eu sou alguém que acredita na razão. Na ciência. No equilíbrio — respondeu Marcus, ainda sorrindo. — Coisas que você parece ter esquecido desde que começou a andar com poetas e esotéricos.

— Você fala em razão, mas camufla sua presença com magia densa — murmurou o Intercessor. — Vejo prata negra e enxofre ao seu redor. Você não é o que diz ser.

Marcus virou-se, como se não tivesse ouvido.

— Guilherme, venha. Você precisa de lucidez. Essas pessoas estão alimentando uma ilusão coletiva. Isso está te afastando da realidade. Do que você realmente é.

— E o que eu sou? — murmurou Guilherme, confuso.

— Um cientista. Um racional. Um homem do futuro. Você estudou química, não teologia. Você não precisa de guerra espiritual, Guilherme. Precisa de clareza. De futuro. De paz.

Guilherme hesitou. O mundo girava, e as palavras de Marcus, doces e sombrias, pareciam ancorá-lo no chão. Ana, por sua vez, apertou o braço dele com delicadeza.

— Se você for com ele agora... não voltará o mesmo.

Guilherme olhou para ela, depois para Daniel — e finalmente para o Dr. Marcus, que estendia a mão com o mesmo gesto tranquilo de sempre.

— Eu só quero entender...

— E você vai — respondeu Marcus. — Mas do jeito certo. Com lógica. Com fatos.

Daniel deu um passo, mas parou subitamente. Seus olhos vacilaram de novo, como se uma névoa se interpusesse entre ele e a figura de Marcus. Era como tentar focar em algo que se dissolvia à medida que se olhava.

— Ele está usando véus — sussurrou o Intercessor. — Nem mesmo Daniel consegue vê-lo por inteiro.

E então, com passos lentos e firmes, Marcus conduziu Guilherme para longe.

Daniel tentou segui-los, mas algo invisível o travou. O Intercessor tocou seu ombro, sério.

— Ainda não é a hora, mas ela está próxima.

E enquanto a figura de Guilherme desaparecia por entre colunas e sombras, a tensão pairava no ar como prenúncio de uma tempestade que já havia começado — mesmo que ele ainda não soubesse.

Em um dos andares superiores do antigo bloco G — um prédio esquecido entre reformas e promessas abandonadas — alguém observava. Silencioso, envolto por um manto de tecido tão escuro que parecia absorver a luz, ele se mantinha à sombra, atrás do vidro embaçado. Os olhos, todavia, brilhavam com intensidade absurda: um dourado que oscilava como fogo aprisionado em âmbar.

Flutuando à sua frente, o mesmo livro do prólogo. As páginas não se moviam com o vento — dançavam por vontade própria, como se guiadas por uma mão invisível. As palavras em suas folhas brilhavam em tons alternados de azul e vermelho, enquanto diagramas circulares giravam lentamente, revelando conexões entre tempos, nomes e destinos.

O homem sussurrou para o livro, sem mover os lábios:

— Os selos estão inquietos. A linha entre o visível e o velado enfraquece.

Uma página se virou sozinha, revelando o esboço de um rosto: o de Guilherme, cercado por chamas e espinhos.

— Ele ainda não sabe... Mas até o oitavo dia, o mundo escolherá o seu pastor. Ou será escolhido por ele.

O livro tremeu suavemente, e as letras se rearranjaram mais uma vez. Uma gota de tinta escorreu para fora da margem, caindo no chão como se fosse sangue fresco. O homem olhou para a cena entre Daniel e Marcus lá embaixo. A manipulação estava em curso.

— Que os despertados despertem. E que o que está por vir não os encontre adormecidos.

E então, com um leve aceno, ele desapareceu na penumbra do corredor, levando consigo o livro, que se fechou com um som seco — como o bater de uma porta entre mundos.

A noite caiu como um manto pesado sobre o campus, apesar de estarem no horário de almoço, na verdade não era noite, eram trevas. A praça agora estava vazia. Somente Daniel, Ana, o Intercessor e o Desarmador permaneciam sob a mesma árvore torta, cercados por uma atmosfera densa e carregada. O ar parecia conter mais do que oxigênio — carregava o peso do tempo que escoava.

Daniel se afastou alguns passos, os olhos ainda fixos no caminho por onde Guilherme e Marcus haviam desaparecido. Ele passou a mão sobre os próprios olhos como quem tentava rasgar um véu invisível.

— Ele está sob encantamento profundo — disse por fim, com a voz embargada. — Aquilo não era só manipulação psicológica. Era feitiçaria de sangue e trevas. E eu... não consegui ver quem ele realmente é. Isso nunca aconteceu antes.

O Intercessor pousou a mão sobre o ombro dele.

— Há camuflagem ancestral aí. Magia primitiva. Coisa antiga demais até para os dons que temos. Maetrea está se revelando mais audacioso do que esperávamos.

— E Guilherme? — perguntou Ana, de olhos fixos no chão, como se tentasse ouvir os ecos do espiritual sob o concreto. — Ele vai suportar isso?

— Não sem ajuda — disse Daniel. — E estamos ficando sem tempo.

— Quantos dias faltam? — perguntou o Desarmador.

O Intercessor respondeu, com um sussurro grave:

— Nove.

O silêncio caiu sobre eles como uma sentença.

— Nove dias até que o ciclo se complete — continuou ele. — Nove dias até que o sangue, o nome e o lugar coincidam. Se a mente e o coração de Guilherme forem corrompidos até lá... o portal se abre. O Adversário entra. Não em sombra, não em sugestão — mas em carne.

Ana se levantou de onde estava agachada.

— Então temos que trazê-lo de volta. Rápido. Se não crermos por ele agora, ele não vai conseguir romper sozinho. E a dúvida está se alastrando como veneno.

— Maetrea está usando tudo o que o mundo pós-moderno oferece como armadura — disse Daniel, agora com os olhos voltados ao céu encoberto. — Relativismo, dualidade, a recusa em acreditar que existe bem ou mal absoluto... Ele está transformando a negação da verdade em virtude. E está seduzindo Guilherme com isso.

— A negação virou estilo — disse o Desarmador. — E Guilherme sempre foi um cientista. Ele quer prova, não fé. Razão, não espírito.

— O pior é que tudo que ele viveu... já está começando a parecer um surto para ele — completou Ana, com raiva no tom. — O mundo foi treinado para desacreditar do invisível. É isso que Maetrea fez nos últimos séculos: desmontou os sentidos espirituais da humanidade. Tornou a fé em algo vergonhoso. Agora, estamos tentando resgatar alguém com os olhos vendados desde o nascimento.

— Mas Guilherme viu mais do que muitos — disse Daniel. — Tocou o mundo além do mundo. Precisamos lembrá-lo disso.

— Como? — indagou o Intercessor. — Ele está sob guarda. Marcus não o deixará sozinho. Nem dormindo, nem acordado.

Daniel cerrou os punhos.

— Então a missão muda. Vamos para dentro. Vamos entrar na fortaleza.

— No campus?

— Não. — Daniel se virou. — Na mente dele.

Todos se entreolharam.

— Ana, nós precisamos entrar nos sonhos. Trazer memória antes que o relativismo destrua até as sensações. Desarmador, você vai preparar a contenção para quando a consciência dele colapsar. Intercessor... continue gerando cobertura. Eu vou rastrear os pontos fracos da proteção de Marcus.

— E se o véu for impenetrável? — perguntou o Intercessor.

— Todo véu tem costura. Todo feitiço tem brecha.

Daniel virou-se, o olhar carregado de uma nova firmeza.

— Nove dias. Um relógio está batendo. E cada minuto que passa, é um passo mais perto do caos definitivo.

Ana deu um passo à frente, com os olhos queimando mais do que antes.

— Vamos trazê-lo de volta. Antes que ele se torne a chave que destranca o inferno.

Guilherme caminhava ao lado de Marcus pelos corredores escuros do campus, já vazios àquela hora, pois todos estavam nas salas de aula, era uma tarde muito nublada e escura. A brisa soprava fria, mas ele suava. Estava com o coração disparado, o estômago revirado, e uma sensação de que algo dentro dele estava quebrando — lentamente, mas de forma irreversível.

Foram até uma sala escondida no bloco antigo da universidade. Marcus abriu a porta com uma chave que ninguém mais parecia ter. As luzes amareladas tremularam antes de estabilizar. A sala era simples, quase acolhedora: uma mesa, duas cadeiras, livros empilhados, uma chaleira elétrica.

Marcus indicou o assento com gentileza:

— Sente-se, Guilherme. Você está pálido!

Ele obedeceu, ainda sem entender o que estava fazendo ali.

— Posso te fazer um chá de camomila, ou algo mais forte, se preferir.

— Eu... não sei nem o que estou fazendo aqui — disse Guilherme. — Isso tudo está confuso. Esses dias... essas pessoas...

— Os Despertos — completou Marcus com desdém. — São jovens intensos. Vivem de metáforas. Veem guerras onde só há dilemas pessoais.

— Mas e o Daniel? — insistiu Guilherme. — A cruz que ele me deu... as visões... as criaturas... você estava lá quando ele disse que eu era parte de uma maldição. Você o conhece!

Marcus sorriu. Não com simpatia — mas como quem vê uma peça finalmente se encaixando.

— Sim, conheço. Daniel já foi um dos homens mais inteligentes dessa universidade. Um cientista da fé, por assim dizer. Mas perdeu-se. Envolveu-se em misticismo. Passou a enxergar símbolos em cada sombra, mensagens em cada rachadura do chão. Você viu o estado dele hoje... isso é o que a obsessão faz com um homem.

— Mas e eu? Eu vi coisas! Senti coisas! O chão tremeu sob meus pés! Você quer que eu acredite que foi tudo um surto coletivo?

— Não — disse Marcus, com a voz baixa. — Quero que você acredite em si mesmo.

Ele se levantou, deu alguns passos e se posicionou atrás de Guilherme, como se fosse um terapeuta lidando com um paciente frágil.

— Guilherme, você é um cientista. Um homem da razão. Um estudante brilhante. Você sabe que mente e corpo estão ligados. Que o estresse pode alterar a química do cérebro. Que culpa, repressão religiosa, pressão emocional... tudo isso pode gerar alucinações vívidas. Você mesmo já estudou isso.

— E se não foi isso? — sussurrou Guilherme. — E se o que eu vi foi real?

— Então tudo o que você conhece sobre o mundo... está errado? — Marcus inclinou-se sobre ele. — Toda a sua lógica, seu método, sua inteligência... vão ser jogados fora por causa de alguns sonhos e um bando de fanáticos que se escondem em praças?

Guilherme baixou a cabeça. Seus pensamentos eram como areia escapando por entre os dedos.

— Você acha que Daniel te deu uma cruz abençoada? E se ele te deu uma substância alucinógena embebida em madeira consagrada, uma mistura psicotrópica? Você mesmo suspeitou disso, não foi? Disse que podia ter algo na cruz...

— Eu pensei... talvez... alguma toxina — disse ele, hesitante.

Marcus tocou-lhe o ombro com cuidado.

— Isso faz mais sentido, não faz? Isso é racional. Isso é científico. Você quer respostas, Guilherme. Eu te ofereço elas. E mais: te ofereço paz.

Guilherme o olhou nos olhos. E por um instante... algo lhe pareceu errado. Não exatamente nos olhos, mas atrás deles. Como se houvesse... algo demais.

— Por que está me ajudando tanto? — perguntou, a voz baixa.

Marcus sorriu, e sua voz mudou levemente. Mais grave. Quase melodiosa.

— Porque eu acredito em você. Sempre acreditei. Antes mesmo de você nascer.

Guilherme sentiu um calafrio. Quis falar algo, mas sua garganta secou. O ar ficou denso, e a sala parecia girar ligeiramente.

— Você é especial, Guilherme. Mas está sendo manipulado. Esses Despertos... eles querem te usar. Querem jogar sobre seus ombros o peso do mundo. O peso de uma guerra que nem sequer existe. E estou aqui para te tirar desse teatro.

— Mas... e se eles estiverem certos?

— E se não estiverem? — rebateu Marcus, com firmeza. — E se você estiver jogando fora sua vida por causa de vozes que só falam na sua cabeça? E se você já estiver muito perto de algo grandioso — uma descoberta, um futuro brilhante — e eles estiverem tentando te distrair com mitos?

Marcus se aproximou, agora tão perto que sua presença parecia ocupar a sala inteira.

— Nove dias. É o que eles dizem, certo?

Guilherme congelou.

— Como você...?

— Eu sei de tudo. — Marcus agora o olhava com olhos que pareciam abismos. — Porque eu estive lá. Eu vi os primeiros portais se abrirem. Eu vi a fé virar fumaça. Eu construí esse tempo, Guilherme. Este mundo moderno, relativista, fragmentado... é uma obra que conheço bem. Tudo foi preparado para que o portal se abra... com sua ajuda.

Ele sorriu. E seus dentes — por um instante — pareceram alongados demais, afiados demais. Não humanos.

Guilherme recuou instintivamente. Mas o corpo estava lento, como se a gravidade tivesse aumentado ao redor dele.

— Você... quem é você?

Marcus inclinou a cabeça, e por um instante sua silhueta oscilou. Como uma imagem sob a água. As luzes da sala piscaram com violência, e um zumbido estranho preencheu o ar. Guilherme piscou várias vezes, lutando para manter o foco.

O professor sussurrou algo. Uma frase em um idioma que Guilherme não conhecia, mas que causou uma fisgada em sua mente — como se uma parte de sua memória tivesse sido arrancada à força:

ערטאמ ינא
(***que significa "Eu sou Maetrea"***)

E então, tudo silenciou.

Guilherme piscou, ofegante. A luz estava estável novamente. Marcus sorria com gentileza, como se nada tivesse acontecido. A chaleira apitava ao fundo.

— Então... chá de camomila?

Guilherme hesitou. Seu rosto mostrava dúvida, confusão, mas ele assentiu devagar. Como se algo dentro dele tivesse sido... rearranjado.

Ele já não se lembrava exatamente do que havia perguntado. Muito menos do que havia escutado.

Algum tempo depois, num salão escuro, cheio de espelhos e telas exibindo transmissões simultâneas do mundo todo, Maetrea caminha por entre velas negras. Ele toca suavemente em um mapa. Seus olhos seguem para a América do Sul, depois para a África, depois para a Europa. Ao lado dele, um diplomata europeu murmura palavras de adoração — estava em transe.

Ele sorriu.

— O menino está onde eu queria. Cercado por vozes doces e verdades líquidas.

Um de seus súditos se aproximou.

— Mas ele ainda se lembra.

— Deixe que o tempo apague. A dúvida é um ácido lento. A pós-modernidade é o meu evangelho. O sentimentalismo, minha ceia. O pragmatismo, meu altar. E a lógica... minha cruz invertida.

— E se os Despertos agirem?

Maetrea se virou. Seus olhos de luz escura queimavam.

— Eles sempre agem. Mas tarde demais.

Ele olhou de volta para uma imagem de Guilherme, sentado em sala, sorrindo para seu mentor.

— Não é preciso feri-lo. Apenas conduzi-lo ao amor-próprio absoluto. Ao orgulho de pensar por si só. Uma vez que ele rejeite o invisível por livre vontade... ele se tornará meu sem que eu precise sequer tocar nele.

— Eles se tornarão um só rebanho… sob um falso pastor — diz Maetrea, zombando da Escritura. — E Guilherme... será o cordeiro sacrificado, ou o pastor inesperado?

Ele sorri. Com um estalar de dedos, uma nova onda de caos se inicia:

- Protestos violentos em São Paulo…
- Apagão tecnológico em Berlim…
- Incêndio misterioso em uma catedral francesa…
- Crianças desaparecendo em massa no Congo…

Maetrea fecha os olhos, absorvendo tudo como se estivesse alimentando-se dessas tragédias.

— Falta pouco…

REVELAÇÃO FINAL

DIA 9

"E HOUVE SILÊNCIO NO CÉU POR QUASE MEIA HORA."
(APOCALIPSE 8:1)

PORQUE QUANDO O CHAMADO É IGNORADO, O CÉU NÃO FALA — ELE OBSERVA.

O NONO SELO MURMURA QUE A COLHEITA SE APROXIMA, E OS CEIFEIROS JÁ CALÇAM SUAS SANDÁLIAS.

GUILHERME FOI ACHADO... MAS AINDA NÃO FOI LEVANTADO.

A CONTAGEM CONTINUA.

NOVE DIAS.

NOVE ECOS DA MORTE QUE RONDA O MUNDO COMO SOMBRA SEM FORMA.

E AINDA ASSIM... HÁ FÉ.

AINDA HÁ FÉ.

III

O PREÇO DA VERDADE

A madrugada avançava como uma fera silenciosa. Guilherme andava pelas ruas de Belo Horizonte com os ombros pesados e os pensamentos mais pesados ainda. Depois do confronto com os Despertos, algo dentro dele começara a ruir. Era como se o mundo estivesse se despindo diante de seus olhos — camada por camada — revelando não só a podridão invisível, mas também uma guerra que parecia ter sido travada desde o início dos tempos. Ele simplesmente não conseguia dormir.

Ele passava pela Praça Sete quando ouviu os gritos.

Na esquina da rua da Bahia com a Espírito Santo, uma multidão cercava uma mulher caída no chão, contorcendo-se como se o seu corpo estivesse sendo despedaçado por dentro. Havia sangue em sua boca, mas não era dela. Ela ria. Gargalhava, enquanto seus olhos revirados encaravam o nada.

— Ela tá possuída! — gritou um homem.

— Alguém chama um pastor! — gritou outro.

— Não é coisa de Deus isso aí! — uma senhora se benzia, em pânico.

Guilherme ficou imóvel.

Mas os olhos da mulher, como se pudessem ver através da massa humana, encontraram os dele.

— Achado, mas ainda não nascido. — A voz não era dela. Era grave, arrastada, milenar.

— Você não vai impedir. Está atrasado, garoto. O selo já rachou...

A multidão se afastava, mas Guilherme andava para frente. Contra seu próprio instinto. Contra a lógica. Era como se o Espírito o empurrasse para dentro do abismo. E foi ali, com as pernas tremendo, que ele presenciou a cena que nunca mais esqueceria.

A mulher flutuou.

Sim. Flutuou.

Um vento gelado varreu a praça, cortante e fúnebre. As lâmpadas piscavam como se o próprio céu estivesse prestes a se abrir. Um frio de morte percorreu a espinha de Guilherme, mas algo mais estava ali. Algo maior. Algo antigo.

O chão tremeu. As pedras da praça pareciam estar se levantando, como se a própria fundação do mundo estivesse prestes a desabar. As vozes da multidão se distorceram, tornando-se ecos deformados, como se um véu invisível tivesse sido levantado, revelando o que estava oculto.

E então, naquele segundo, entre o céu e o inferno, Daniel apareceu. Não como um amigo. Não como um colega de grupo. Mas como um general de guerra.

— Sai dela! — bradou, com uma autoridade que parecia cortar o tecido do tempo.

As palavras não vieram apenas da garganta de Daniel, mas de um lugar profundo e eterno. Sua voz reverberou pelo ar, fazendo o próprio espaço vibrar. A mulher, envolta em um manto de sombras pulsantes, arqueou o corpo em uma dor indescritível. A risada cruel que antes dominava seu rosto se transformou em uma expressão de fúria pura. Era como se a própria presença de Daniel rasgasse a realidade ao seu redor.

Guilherme sentiu o ar pesar. Ele não podia mais olhar, mas seus olhos estavam fixos na cena como se fosse impossível desviar. O tempo parecia ser dilatado ali, como se o exorcismo acontecesse em outra dimensão. A mulher começou a convulsionar, e a energia ao redor dela era palpável — fria, negra e turbulenta, como se um furacão de malícia estivesse prestes a se manifestar.

A luz da praça piscou e apagou, deixando tudo em total escuridão. No entanto, os olhos de Guilherme estavam mais aguçados, como se um novo sentido tivesse sido ativado. Ele podia sentir as presenças ao redor, o mal que se erguia nas sombras, mas também sentia a força de Daniel, uma força que parecia emanar de um lugar além do que ele podia compreender.

— Não tem mais volta, Maetrea — Daniel sussurrou em voz baixa, mas os ventos começaram a uivar, como se o próprio inferno estivesse respondendo à palavra proibida.

A mulher estremeceu e, de repente, uma luz dourada como um raio de sol cortou o ar, cegando todos por um instante. A mulher caiu fazendo um estrondo no chão, o corpo agora flácido, como se o espírito maligno tivesse sido arrancado de seu ser. O silêncio se instalou, pesado e absoluto.

Guilherme caiu de joelhos, suas mãos estavam tremendo. Ele sentia a gravidade do momento, como se o próprio espaço tivesse sido alterado. Não era só uma batalha física. Era espiritual. E ele tinha visto o abismo se abrir à sua frente.

— O que foi isso? — sussurrou, incapaz de compreender totalmente o que acabara de presenciar.

Daniel o ajudou a se levantar, mas havia uma tristeza profunda em seus olhos, como se ele soubesse o peso que Guilherme carregaria dali em diante.

— Isso é o que você precisa ver. O que sempre existiu à sua volta, mas você se recusava a enxergar. A guerra espiritual não é poesia metafórica. É real. E se você não lutar, ela te engole. — A voz de Daniel era firme, mas com uma pitada de pesar.

Guilherme olhou para a mulher caída no chão. Algo estava errado. Ele sentia que aquele não era o fim. Mas a presença de Daniel ao seu lado lhe dava um pequeno fio de esperança. No entanto, algo dentro dele estava em conflito, tentando se agarrar à racionalidade que sempre o havia guiado.

E então, a realidade começou a se distorcer novamente.

O ar pareceu condensar, e a praça desapareceu diante de seus olhos. As formas se desvaneceram como fumaça. Guilherme sentiu o mundo rodar sob seus pés. Uma onda de vertigem tomou conta dele, e a sensação de estar afundando foi inevitável.

Quando finalmente abriu os olhos novamente, estava de volta ao seu apartamento. O quarto estava no escuro, as luzes apagadas, o som da cidade distante ecoando pela janela aberta. Sua respiração estava acelerada, seu corpo suado. Mas ele sabia que não era um devaneio.

O que ele tinha visto, o que tinha vivido, não era um pesadelo. Era real. Muito real. Ele não estava mais apenas sendo empurrado para essa guerra. Ele estava dentro dela. E o futuro não parecia promissor.

Guilherme acordou suado, o coração ainda batendo forte enquanto o cenário do exorcismo e a batalha espiritual recente se repetiam em sua mente. A sensação de que o mundo ao seu redor estava desmoronando não passava, ao contrário, parecia intensificar a cada respiração. Ele sentia uma pressão no peito, como se fosse impossível escapar dessa realidade paralela e aterradora.

Ele se levantou da cama, ainda confuso, mas com uma determinação crescente. Aquela sensação de impotência não o consumiria. Ele precisava entender. Precisava de respostas.

No instante em que colocou a jaqueta, algo estranho o fez parar. Um pequeno cartão de visita estava ali, dobrado na parte interna do bolso. Ele nunca o colocara ali. Nunca o vira antes. O cartão estava discreto, mas carregava um nome: O Desarmador.

— Quem é esse...? — murmurou, seus pensamentos voltando à praça da Liberdade, onde algo mais profundo se desenrolara, algo que ele ainda não conseguia compreender completamente.

A curiosidade, agora mais forte que o medo, o impulsionou a sair do apartamento. Ele sentia uma necessidade urgente de buscar explicações, respostas, qualquer coisa que o tirasse desse estado de negação e o colocasse de volta no controle de sua vida. Ele se lembrava do Desarmador como alguém que parecia entender melhor do que qualquer outro a dimensão do que estava acontecendo. Talvez ele pudesse ajudá-lo a entender o que estava por trás dos eventos que vinham atormentando sua mente.

Quando chegou ao endereço indicado no cartão, um prédio imponente no centro de Belo Horizonte, Guilherme sentiu uma estranha sensação de déjà vu. O lugar estava vazio, mas havia algo de ancestral e fora do tempo naquele ambiente. A porta se abriu sozinha, como se o espaço o estivesse convidando a entrar.

Dentro, tudo estava em completa penumbra, exceto por uma luz suave que emanava de um objeto pequeno no canto da sala. O Desarmador estava lá, em um canto, com uma expressão séria, aguardando-o.

— Você finalmente decidiu procurar por respostas. — Ele disse, com uma calma inabalável, como se já soubesse o que Guilherme pensava.

Guilherme respirou fundo, sentindo o peso da situação. Ele estava fora de seu elemento, mas sabia que não podia mais voltar atrás.

— Eu... preciso saber a verdade. Sobre o que está acontecendo, sobre o Dr. Marcus, sobre tudo. — A voz de Guilherme tremia levemente, mas sua determinação era evidente.

O Desarmador fez um gesto com a mão e, de repente, o ar ao redor de Guilherme pareceu se distorcer, como se o espaço estivesse sendo moldado. Ele não entendeu exatamente o que estava acontecendo, mas logo foi envolvido por uma sensação de vertigem. A sala ao seu redor desapareceu, e em seu lugar, ele se viu em um novo local.

Eles estavam agora no gabinete de Dr. Marcus.

Guilherme olhou em volta, estupefato. O lugar estava repleto de livros antigos e objetos que irradiavam uma aura sinistra. O ambiente parecia estar impregnado de uma energia pesada, algo que fazia seu corpo reagir, como se fosse um lugar onde o mal estava bem presente, mas disfarçado pelas aparências.

— Tudo isso... é dele? — Guilherme perguntou, a voz baixando.

O Desarmador não respondeu imediatamente. Ele caminhou até uma mesa cheia de pergaminhos e livros, seus dedos passando sobre os títulos sem abrir nenhum deles. Seus olhos, profundos e impenetráveis, estavam fixos em um ponto específico da sala.

— Esse é o lugar onde Dr. Marcus revela quem ele realmente é. — O Desarmador disse, finalmente, com uma solenidade que carregava um peso histórico. — Ele é mais do que parece. Você está vendo apenas a superfície. Ele não está aqui para salvar você, ele é parte de algo muito maior.

Guilherme observou atentamente, com um nó no estômago. Ele sentia que estava apenas começando a entender a gravidade da situação.

Ele se aproximou da mesa, onde encontrou livros de magia negra, símbolos arcanos, rituais que pareciam pertencer a uma era há muito esquecida. Alguns dos livros tinham páginas rasgadas, mas o suficiente estava ali para entender que aquilo não era algo comum. Vários objetos estavam dispostos ao redor

— um medalhão de ouro com um símbolo distorcido, um candelabro de prata envelhecida, e uma caixa de madeira intricadamente entalhada, mas todos pareciam ter um véu de camuflagem sobre eles, como se algo os escondesse da vista comum.

Guilherme pegou um dos livros, seus dedos se fechando ao redor da capa que parecia pulsar com uma energia sinistra. No entanto, o livro estava coberto por uma aura que dificultava sua leitura. Ele tentou folhear as páginas, mas algo o impedia.

O Desarmador, observando a tentativa, estendeu uma das mãos para o objeto. Sua voz ecoou, suave e autoritária, como se falasse em uma língua que fazia o espaço ao redor vibrar.

— "Ex Abyssus, Revela veritas."

Com um movimento sutil, o ar ao redor da mesa pareceu se ondular. Então, os objetos começaram a perder a camuflagem. O medalhão de ouro, até então invisível, apareceu, com seu símbolo distorcido claramente visível. O candelabro parecia agora irradiar uma luz sombria, e a caixa de madeira se abriu sozinha, revelando cristais vermelhos que brilhavam com uma intensidade quase sobrenatural.

— Tudo isso é o que ele mantém escondido. — O Desarmador disse em tom grave. — Esses artefatos não são apenas relicários. Eles são pontos de conexão para algo muito maior. O poder que Dr. Marcus busca transcende qualquer limitação humana. Vamos precisar de ajuda para ler isso, temos pouco tempo.

Então, em uma fração de segundos, ele some e na outra volta com a mulher. Guilherme lembra-se dela do sonho que teve com o Intercessor, era Leandra, um dos Despertos..

— Olá Guilherme, finalmente nos conhecemos. Onde estão os livros, Desarmador?

O Desarmador aponta para a mesa outrora camuflada, dezenas de livros e pergaminhos antigos, seriam necessárias muitas eras para traduzir e ler aqueles textos em línguas mortas e inauditas. Mas para Leandra só precisava de um toque. É exatamente o que ela faz.

Leandra se aproximou da mesa. Seus olhos percorreram os pergaminhos como quem reencontra vozes antigas. O ambiente parecia conter a respiração. Guilherme deu um passo para trás, instintivamente. O Desarmador permaneceu imóvel, em vigília silenciosa.

Com um único gesto, delicado e firme, Leandra pousou a mão sobre o primeiro pergaminho. No mesmo instante, o ar estalou com eletricidade. As páginas se iluminaram por baixo de seus dedos, como se fossem feitas de luz embebida em sombra. Seus olhos se reviraram, e tornaram-se brancos como a névoa da alvorada. Ela já não estava mais ali — ao menos, não totalmente.

Uma corrente fria atravessou o gabinete. As lâmpadas oscilaram. E então ela falou — mas sua voz não era só sua. Era como se falassem através dela os ecos de gerações, idiomas esquecidos, dores seladas em milênios de silêncio.

— Vejo o princípio… — sua voz estava distante, reverberando em camadas — Antes das eras contadas… quando os Enaquins caminhavam entre os homens. Foi então que Maetrea caiu.

Guilherme arregalou os olhos. O nome soava como veneno em forma de palavra.

— Ele era o mais belo entre os filhos dos montes antigos. Corrompido pela promessa do trono que jamais lhe foi destinado. Trocou sua essência por imortalidade — não a dos céus, mas a do abismo. A eternidade de um servo que jamais morre… e jamais vive.

Imagens começaram a emergir das páginas, pairando no ar como hologramas esculpidos por sombras. Guilherme viu cidades afundando, pactos selados com sangue de crianças, portas abertas onde jamais deveriam ter existido.

— Maetrea foi o primeiro a erguer o véu da mentira sobre os homens. Criou sistemas, religiões corrompidas, alianças entre reinos e entidades. Ele é o arquiteto do engano. Em cada época ele usa um nome. Em cada era, veste uma pele.

Os dedos de Leandra deslizaram sobre outro livro. Um sussurro baixo, como se as páginas implorassem para não serem abertas, ecoou pela sala. Ela não hesitou.

— Aqui estão os Códigos do Abismo. Magias negras seladas desde Babel. Escritos por línguas que nunca foram criadas para serem ouvidas. São feitiços que rasgam o véu, que ligam este plano ao da ruína. Aqui… o tempo sangra.

O Desarmador aproximou-se um pouco. Seu semblante era severo, mas havia um respeito solene em sua postura. Ele sabia o peso do que estava sendo revelado. E sabia que nem todos poderiam suportar ouvir o que viria a seguir.

Leandra falou novamente, sua voz agora entrecortada, como se traduzisse diretamente da origem do mal:

— Os fragmentos do nome maldito... estão aqui. Partes do verdadeiro nome do Anticristo. Os ecos que, quando pronunciados em sequência, abrem os sete túneis entre os mundos. É por isso que eles matam, escondem, apagam. Porque se alguém reunir os sete fragmentos e falar seu nome completo... ele virá.

De súbito, uma aura negra ergueu-se de um dos livros — viva, odiosa. Guilherme sentiu o estômago revirar. Mas Leandra apenas moveu um dedo, e a escuridão se dissipou como fumaça diante da luz.

— Esses textos foram reunidos por Marcus... mas ele não é o autor. Ele é apenas o atual Guardião das Chaves Sombras. Mas não consigo entender por que ele tem essa responsabilidade tão grande. Nada aqui deixa isso claro.

Ela então tocou o último pergaminho. Seu corpo tremeu. Uma lágrima escorreu de seus olhos brancos.

— Os Nomes dos Vigilantes caídos... os verdadeiros, estão aqui. E entre eles uma linhagem profana foi mantida viva. Eles se escondem nas estruturas da humanidade: política, cultura, tecnologia, fé. Tudo foi contaminado. E agora... a última fase começou.

De repente, a luz nos olhos de Leandra começou a esmaecer. As páginas voltaram ao silêncio. O ar se aquietou, embora o peso da revelação permanecesse esmagador.

Ela piscou devagar, recobrando a consciência. E com um suspiro curto, disse a Guilherme, como quem entrega uma sentença:

— Agora você sabe. Não estamos lutando contra homens. Estamos lutando contra histórias enterradas. E elas... acordaram.

Guilherme olhou para cada artefato, sentindo uma sensação de crescente repulsa. Cada um parecia ter sido feito para invocar algo muito além de qualquer compreensão.

De repente, a porta do gabinete se abriu com estrondo. O ar ao redor se fechou com uma energia tensa. Dr. Marcus entrou, a expressão dura e fria, como se já soubesse que algo estava fora do lugar.

O Desarmador fez um movimento rápido com as mãos, e antes que Guilherme pudesse reagir, ele sentiu uma leve pressão no peito, como se estivesse sendo puxado para baixo. O ambiente ao redor de ambos se distorceu novamente, e em um segundo, eles estavam em um novo local.

Era um grande salão subterrâneo, com paredes de pedra e uma aura sombria que parecia engolir tudo ao seu redor. O silêncio era profundo, mas ao mesmo tempo carregado de uma tensão palpável.

— Este é o verdadeiro campo de batalha, Guilherme. — Disse o Desarmador, seus olhos focados no ambiente sombrio à sua frente. — Aqui, a verdadeira guerra será travada.

Guilherme teve uma sensação de desconforto crescente. Ele não entendia tudo o que estava acontecendo, mas uma coisa era clara: estava se aproximando de algo muito maior, algo que não poderia mais ignorar. A presença de Dr. Marcus não era mais apenas de um mentor distante. Ele era parte de algo muito mais escuro e sinistro, mas ainda havia mais a ser revelado.

Era uma antiga cripta reformada sob a Igreja de São José — Guilherme sentou-se diante de Daniel, Ana, e outros seis jovens que pareciam carregar a eternidade no olhar.

Ali, ele conheceu pela primeira vez todos os Despertos.

— Somos os descendentes daqueles que andaram com sabedoria, entre profetas e poetas — explicou Daniel. — Eclesiástico não é só um nome antigo. É um chamado. Uma linhagem. Pessoas que, em cada geração, carregam o fardo de manter a luz acesa enquanto as trevas se alastram.

Estavam lá todos os que o Intercessor havia mostrado em seu sonho. Geraldo o abraçou feliz dizendo que não via a hora de conhecê-lo. Melquizedeque ainda curava feridas feitas pelos opressores da batalha da praça da Liberdade.

Lídia era a grande responsável pela camuflagem daquele lugar, seus dons eram realmente incomuns.

Miguel o olhou de longe, era muito tímido e misterioso, calado e reservado.

O Intercessor tirou Geraldo de cima do Guilherme.

— Menos, Geraldo, assim você assusta o rapaz. Seja bem-vindo querido, demorou, mas você finalmente tomou a decisão certa, o lado certo.

— E você? — Guilherme perguntou para Daniel, o Eclesiástico — Como entrou nisso?

Daniel olhou para as próprias mãos como quem vê cicatrizes invisíveis. Estava sentado em uma cadeira improvisada, olhou profundamente para o chão enquanto começava a falar, sua voz carregada de uma melancolia silenciosa.

— Você quer saber como me tornei o Eclesiástico, não é? Bem, eu nem sei por onde começar. Acho que nunca pensei que chegaria a esse ponto. A verdade é que a minha história não começa com magia ou rituais, mas com algo muito mais simples e, ao mesmo tempo, muito mais complicado.

— Quando eu era criança, vi coisas que as outras pessoas não viam. E eu sabia que algo estava acontecendo, algo que eu não conseguia entender completamente. Não eram apenas sonhos ou imaginação. Era real. Eu vi... vi um cachorro andando entre o grupo de louvor. Eu vi ele passar por cada um dos músicos, como se fosse parte de uma cena comum, mas ninguém mais parecia ver. Quando apontei para ele, o líder da igreja me humilhou na frente de todo mundo, me chamando de perturbado. Ele disse que eu estava possuído, que minha mente estava deformada. Mas ele não sabia, Guilherme, ele não sabia o que eu estava vendo. E semanas depois descobriram que o líder estava em pecado. Contudo, ninguém associou a minha visão com a verdade que foi revelada, e esse estigma de "esquisito" se colou em mim para sempre.

— Eu nunca fui mais do que um menino tentando entender um mundo que ninguém mais parecia enxergar. Eu era ignorado pelos meus pais, que estavam ocupados demais com seus próprios problemas, e pelas autoridades da igreja, que me viam como uma ameaça, como alguém que não deveria ser ouvido. O amor a Deus, que eu carregava com tanta intensidade, foi se esfriando aos poucos. À medida que crescia, essa sensação de solidão, de ser incompreendido, só aumentava. Na faculdade, eu simplesmente me desvencilhei da fé. Não havia espaço para ela ali. A ciência e a razão me atraíram. O mundo lógico, organizado, algo que eu podia entender. A fé parecia uma ilusão, e eu, sendo racional, segui esse caminho.

— Mas Deus não desiste de quem Ele chama. Algo mudou em mim quando conheci o Intercessor. Foi ele quem me mostrou que não era só eu que tinha visto o que vi. Ele me abriu os olhos para a realidade do mundo espiritual. Ele me disse que o que eu enxergava não era loucura, mas uma verdade profunda, uma verdade que eu precisava aceitar. No início, eu lutei contra tudo isso, Guilherme. Lutei com todas as forças que eu tinha. O ego, o orgulho... tudo isso me afastava do entendimento de que a minha missão era muito maior do que eu poderia imaginar.

— Eu cometi erros, muitos erros. Eu tentei controlar o que não podia ser controlado, e paguei o preço por isso. Cada passo que eu dava nesse caminho me afastava mais do homem que eu era antes. Mas, de algum jeito, eu fui moldado por essa luta. Eu aprendi a enfrentar meus próprios fantasmas, a confrontar a minha arrogância, a minha incredulidade. Foi ali, no caos da minha própria batalha interna, que eu me tornei quem sou hoje.

— Eu me tornei o Eclesiástico. Não porque eu quis, mas porque não havia mais escolha. Eu não podia mais ignorar o que estava à minha frente. A guerra espiritual era real, e eu estava no meio dela. Não mais como um observador, mas como um guerreiro, um guardião de uma linha tênue entre os mundos. No final, tive que me entregar, Guilherme. Eu tive que aceitar o que eu era chamado a ser. Enfrentei o meu ego, e hoje sou mais do que um homem comum. Sou uma força espiritual viva, adaptada ao século XXI.

— E isso é o que você precisa entender, meu amigo. O que você está vendo agora, o que você está prestes a descobrir... não é algo simples. Não é só teoria ou religião. É real. Muito real. Eu fui forçado a ver isso, e agora você também terá que fazer a mesma escolha.

Daniel fez uma pausa, seus olhos refletindo algo profundo, como se estivesse tentando pescar em sua própria memória as palavras certas.

— A verdade não é confortável, mas é a única coisa que nos liberta. Agora, não importa o que você tenha vivido até aqui, o que importa é o que você fará daqui para frente. A guerra não vai esperar e, a cada dia que passa, mais vidas estão em risco. E você, Guilherme, tem um papel importante nisso. Talvez mais do que você perceba.

Com uma última olhada séria, Daniel se levantou, já preparado para o que viria a seguir, sabendo que o que estava por vir exigiria mais dele do que ele jamais imaginou.

Maetrea fechou o pesado livro de couro negro, o som do fecho metálico ficou ressoando no silêncio denso de seu gabinete na faculdade. O cheiro de poeira e antigos volumes tomava o ar, mas não era o espaço físico que capturava sua atenção. Seus olhos fixaram-se na janela, enquanto um sorriso imperceptível se formava em seus lábios. O momento estava perto. O jogo estava prestes a mudar, e ele sentia a energia espiritual em ebulição ao seu redor.

O gabinete, com suas estantes abarrotadas de livros de ocultismo e artefatos proibidos, começou a desaparecer lentamente ao seu redor. As paredes não mais pareciam firmes, e a realidade ao seu redor começou a distorcer-se, como se o mundo fosse uma tela de pintura que ele mesmo estivesse desfiando. O som abafado da movimentação do campus ficou distante, e, com um último movimento de seus dedos, ele arrancou-se do plano físico, mergulhando nas profundezas do reino espiritual.

No instante seguinte, Maetrea se encontrou no subterrâneo de um antigo templo destruído, no sul da Índia. A transição foi suave, mas cheia de uma sensação perturbadora de desorientação. Ele caminhava entre velas ainda acesas e ossos humanos espalhados pelo chão, um ambiente que parecia tanto um santuário quanto um túmulo esquecido pela história. O ambiente era sombrio, mas para ele era como retornar à sua verdadeira casa.

Ali, no coração daquela dimensão espiritual, ele encontrou três anciãos. Eles estavam em um estado profundo de meditação, imersos em um transe que lhes permitia conectar-se aos portais ancestrais. Eles sentiam a ameaça iminente, mas não estavam preparados para a magnitude de Maetrea. Ele não precisava de palavras para impor seu domínio; sua presença já era suficiente para desestabilizar qualquer resistência.

Com passos lentos e calculados, Maetrea se aproximou do círculo de meditação onde os anciãos estavam. O ar parecia vibrar com a energia acumulada ao redor deles, mas a certeza de que nada mais poderia impedi-lo o envolvia como uma segunda pele. Ele olhou para os três anciãos com desprezo.

— Vocês deviam ter ficado calados — sussurrou Maetrea, sua voz ecoando no espaço como uma sentença de morte.

A presença dele, esmagadora, não demorou a cortar o transe dos anciãos. As velas ao redor se apagaram de imediato, e o templo ficou envolto em uma escuridão total. Maetrea já não estava mais no controle do mundo físico, mas de um plano muito mais profundo, onde ele era a autoridade absoluta.

O primeiro dos anciãos, o mais velho, levantou os olhos com esforço, suas mãos trêmulas tentando se estabilizar. Ele sabia o que estava acontecendo. O mundo espiritual estava se dobrando diante de Maetrea, e eles não tinham mais poder para detê-lo.

— A escuridão que você traz não pode prevalecer — o ancião falou, com uma voz rouca, como se ainda houvesse algo de valor na resistência. Contudo, ele sabia que sua palavra não tinha mais peso. — Nós também somos aliados do Anticristo, isso é traição.

Maetrea sorriu, um sorriso cruel e satisfatório, como se fosse uma serpente observando sua presa lutar pela última vez antes do golpe fatal.

— O equilíbrio... — Ele disse, com um tom de desprezo que reverberou através do vazio. — O equilíbrio que vocês tentam preservar é uma ilusão. O tempo de vocês já acabou. E, além disso, detesto concorrência.

O ar ao redor deles tornou-se espesso, como se a própria realidade estivesse desmoronando. Os anciãos tentaram se erguer, mas seus corpos estavam fracos, e a energia espiritual deles já estava drenada pela presença esmagadora de Maetrea. Eles estavam mais próximos da morte espiritual do que jamais imaginariam.

O mais jovem dos três, com uma expressão desesperada, tentou invocar um feitiço de proteção, mas Maetrea levantou a mão. A energia negra que emanava dele se intensificou, e uma onda de escuridão os envolveu. Com um último suspiro, os anciãos foram consumidos, e seus corpos desvaneceram-se como poeira levada pelo vento.

Maetrea observou em silêncio. Ele sabia que esse pequeno obstáculo já estava superado. Agora, nada mais poderia impedi-lo de realizar sua missão.

— O fim chegou para todos vocês. O que resta agora é o meu domínio — ele murmurou, dando as costas aos ossos caídos no chão, enquanto se afastava lentamente. — Quando o dia do sacrifício chegar e o portal for aberto, quando o Anticristo pisar nesta terra, haverá apenas um avatar para recebê-lo, um arauto para anunciá-lo, eu!

Ele se sentia mais forte, mais poderoso. O portal para o seu reino estava se abrindo, e ele já não tinha mais nenhuma dúvida de que sua ascensão era inevitável. A escuridão tomaria conta do mundo, e os que se opusessem a ele seriam engolidos, assim como esses anciãos haviam sido. O Apocalipse avançava.

Maetrea queria comemorar aquela pequena vitória que o aproximava ainda mais de seus planos gerais. Mas naquele instante ele sentiu um distúrbio no mundo espiritual e então percebe que Guilherme não está mais em seu radar dimensional, ele estava invisível aos olhos dele no mundo espiritual. Isso o deixou furioso.

— Chaula maldita! Encontrem o Guilherme agora!!!

De volta a Belo Horizonte, Guilherme estava ali, diante do grupo, com o coração batendo como nunca. Mal ele sabia que um escudo espiritual que se levantava naquele local o separava da fúria eminente de Maetrea. O peso das palavras e das visões que tivera ainda estavam em seu peito, mas havia algo novo — algo mais forte que o chamava, que não o deixava escapar. Ele se ajoelha diante dos Despertos.

Em silêncio, ele baixa a cabeça. O ambiente ao redor parece desaparecer enquanto ele sente o toque suave, mas firme, de Ana colocando suas mãos sobre sua cabeça. O ar ao redor tornou-se mais denso, como se o próprio tempo estivesse suspenso.

Ana, com uma voz quase inaudível, diz palavras que ele não consegue entender. E, no momento em que a imposição de mãos é completa, algo dentro dele se rompe. O chão daquele subterrâneo parece desaparecer, e uma força incontrolável o arremessa para trás. Ele cai de joelhos, seus olhos se fecham enquanto seu corpo é envolvido por uma luz intensa e ofuscante.

No instante seguinte, ele se vê em um templo colossal, que se estendia infinitamente, suas paredes feitas de pedras ancestrais, com símbolos que ele não reconhecia. A atmosfera estava carregada de poder. Ele ouve uma voz profunda, vinda de algum lugar que não podia identificar. A voz ressoava como um eco distante, mas ao mesmo tempo, tão clara e próxima como se estivesse dentro de sua alma.

ימ אתְנוּ? ימ ילֵך בִמקוֹס שלֶנוּ? No começo era ininteligível, mas aos poucos ele foi tomado por revelação. Era aramaico, a língua extinta que Jesus falou enquanto caminhou na Terra. Aos poucos foi ficando claro para ele a interpretação daquelas palavras:

"A quem enviarei? Quem irá por nós?"

A voz reverberava em seu coração, em sua mente, e ele sentia o peso dessa pergunta. O lugar estava vazio, exceto pela visão de uma cruz, iluminada por uma luz sobrenatural, inicialmente bem distante, parecia chamar por ele. Ele foi se aproximando e ela foi tomando dimensão, era enorme. A cruz estava vazia, mas a presença de algo poderoso ali era inegável. Guilherme sentia que aquele era o centro de tudo.

Sem hesitar, ele avança até a cruz, ajoelha-se diante dela, sua alma transbordando de emoção. Sua voz, agora, se eleva em um grito profundo, carregado de uma determinação que ele nunca soubera que possuía.

"Eis-me aqui, envia-me a mim!"

A luz ao seu redor aumenta, a presença divina se torna ainda mais palpável. E, com um estalo, ele sente seu corpo ser puxado de volta. Ele acorda abruptamente, de volta ao chão do subsolo da capela onde os Despertos o aguardam, como se a realidade tivesse se alinhado em um único momento.

Guilherme levanta-se lentamente, ainda com a sensação de que algo monumental acabara de acontecer. Seus olhos encontram os de Ana, do Desarmador e dos outros membros do grupo. O peso da decisão, do chamado, ainda pesa em seu peito, mas ele sabe que não há mais volta.

O Desarmador, com um sorriso sutil e misterioso, sussurra:

— Ele começou a ouvir.

Ana, com um olhar de aprovação e sabedoria, acrescenta, quase em reverência:

— Ele foi selado.

Guilherme respira fundo, agora completamente alinhado com a realidade do seu chamado. Ele se levanta, os olhos brilhando com a luz de uma verdade recém-descoberta.

— Então me digam… o que eu preciso fazer?

REVELAÇÃO FINAL

DIA 8

"E CONHECEREIS A VERDADE, E A VERDADE VOS LIBERTARÁ."
(JOÃO 8:32)

MAS O PREÇO DA VERDADE É A MORTE DA IGNORÂNCIA. E ELA, POR VEZES, GRITA ANTES DE MORRER.

GUILHERME FOI ACHADO, MARCADO, E AGORA... CONVOCADO.

O OITAVO SELO PULSA COMO UMA FERIDA NO CORPO DO MUNDO.

A BESTA PRESSENTE O MOVIMENTO NO CAMPO DE BATALHA.

O CÉU SE ARMA. O INFERNO ESTREMECE. A TERRA... OBSERVA.

O TEMPO NÃO PARA.

OITAVO DIA.

OITAVA CHANCE.

IIII

ECOS DO SANGUE

O som da chuva noturna batia contra o vitral da antiga cripta como um eco do céu chorando. Cada gota parecia carregar o peso de uma sentença, como se até o firmamento lamentasse por algo que ainda viria. Guilherme não conseguia dormir. Deitado no leito estreito do refúgio dos Despertos, seus pensamentos giravam em círculos, como corvos presos em uma torre.

A cada vez que fechava os olhos, ele enxergava o rosto da mulher possessa na praça. Aquela voz. Aquelas palavras.

"Achado... mas ainda não nascido"

Elas ainda ecoavam em sua alma como um enigma que feria mais do que explicava.

Levantou-se, os pés descalços tocando as pedras frias do chão. Vagava pelos corredores como um fantasma inquieto. O refúgio, construído sobre ruínas de um templo esquecido, era um lugar seguro — ao menos em teoria. Mas naquela noite, o silêncio parecia carregado. Não de paz, mas de tensão. Como o instante que antecede a explosão.

Foi então que sentiu.

Um frio súbito. Não era vento. Era ausência.

De luz. De calor. De presença divina.

Não era só frio — era violação.

O escudo espiritual que o cercava — frágil, ainda em formação desde sua adesão aos Despertos — se partira por uma fenda minúscula: a culpa.

E por ali, rastejando como fumaça negra, entrou o espírito da acusação.

Guilherme se virou, sentindo o coração acelerar como se sua alma tentasse fugir de dentro dele. Atrás, não havia figura humana. Apenas uma presença — densa, esmagadora, antinatural. Não com forma, mas com intenção assassina.

A voz surgiu não no ar, mas dentro de sua mente.

— Você acha mesmo que pode fugir de quem você foi?

Imagens começaram a se projetar em sua mente — como hologramas queimando em tela viva.

Ele, aos 17 anos.

A raiva do divórcio dos pais.

A fé ridicularizada pelos amigos.

O desejo de poder. De controle.

A noite do porão.

Lembrava-se agora com clareza.

O chão de terra batida. As velas em círculo. O cheiro de ferro no sangue de uma ave degolada em um prato de barro.

A brincadeira que começou como um ritual "de filme".

Mas o riso cessou quando a temperatura caiu. Quando algo respondeu.

Naquela noite eles não estavam sozinhos. Um véu foi rasgado. E uma parte de Guilherme ficou presa ali, como refém espiritual.

— Você invocou algo naquela noite, Guilherme... — sibilava o espírito, sua voz oscilando entre doçura e veneno. — Você pertence ao sangue derramado naquele chão... É tarde demais...

O escudo ao redor dele se fechava. Mas não o escudo da luz. Era o esmagamento da culpa, tornando-se armadura ao espírito inimigo. Guilherme caiu de joelhos, as mãos apertando os lados da cabeça, como se quisesse arrancar as imagens. Lágrimas de vergonha escorriam sem controle.

E o espírito se alimentava disso.

Sombras começaram a se erguer ao redor do salão — mãos esqueléticas saindo das paredes, como se quisessem puxá-lo de volta ao porão. O vitral da cripta começou a trincar, como se não pudesse conter o desequilíbrio da atmosfera espiritual.

Foi quando ele ouviu passos.

Firmes. Rítmicos. Como um tambor de guerra que anuncia salvação.

Lídia entrou no salão, o manto sutilmente agitado pelo vento invisível da unção que o cercava. Seus olhos ardiam em chamas — não de raiva, mas de autoridade.

— Basta. Não sei como entrou na barreira que eu criei neste lugar, mas você não tem legalidade aqui, Jezabel. — A palavra não foi apenas dita, foi decretada.

O espírito hesitou. Seu domínio era forte... mas não completo.

— Ele me pertence. — rosnou o espírito. — Ele me chamou. Ele abriu portas para mim. Ele invocou sangue.

— Ele pertence a alguém muito maior. — O Desarmador apareceu vindo de algum lugar por transladação, ele havia sido acionado pelo Intercessor para intervir, e ergueu a mão direita. Seus dedos brilharam com uma luz dourada, viva, que tremeluzia como fogo líquido.

Quando a luz explodiu, atingiu o espírito em cheio. Um grito rasgou o plano invisível, como se mil vozes condenadas urrassem ao mesmo tempo.

Mas antes de desaparecer, o espírito lançou sua sentença final:

— Ele invocou sangue... Ele deve sangue...

E se desfez como fumaça atravessada por vento santo.

Silêncio.

O salão parecia respirar aliviado. Mas Guilherme, caído, ainda estava lá. Tremendo. Chorando. Como uma criança. Como alguém que viu demais. Todos os Despertos estavam em volta dele curiosos. Daniel pediu que todos saíssem, ficando somente ele e o Desarmador.

O Desarmador se ajoelhou ao lado dele. Não como general. Mas como irmão. Seus olhos, cheios de misericórdia, contrastavam com a autoridade de poucos instantes atrás. Guilherme tentava desviar do olhar dele, estava constrangido, mas nesse movimento acabou cruzando com os olhos de Daniel que estava à sua frente. O Eclesiástico tem a visão aberta, não tinha como esconder dele o que estava invisível ao mundo natural.

— Você pode me julgar, Daniel... Eu fui... eu participei...

Daniel colocou a mão sobre seu ombro. Sua voz era baixa. Quase um sussurro.

— Não vim te julgar. Vim te lembrar de quem você é agora... e de quem já te perdoou.

Guilherme respirava com dificuldade, ainda em choque, mas o abraço do Desarmador não era apenas físico. Era escudo restaurado. Era amor invencível.

E naquele abraço, a culpa começou a ceder.

Daniel puxou de dentro de seu casaco uma pequena cruz de madeira, rústica, quase primitiva. Ele a colocou sobre o peito de Guilherme. Era a cruz que ele o havia presenteado antes do incidente no viaduto Santa Tereza.

— A cruz, achei que tinha perdido na confusão do viaduto!

— Todo sangue invocado fora da aliança exige justiça. Mas há um sangue que foi invocado por amor. Um sangue que não clama por vingança, mas por perdão.

Guilherme olhou para ele, com os olhos marejados.

— Eu posso mesmo ser perdoado?

Daniel sorriu. Não com piedade. Mas com honra.

— Você já foi. Só precisa se apropriar daquilo que lhe foi garantido quando se decidiu por Jesus.

O jovem fechou os olhos. Respirou fundo. E então, como uma torrente, falou alto:

— Eu rejeito o sangue derramado no erro, e clamo pelo sangue de Jesus! O sangue que cura, que limpa, que salva!

Um calor envolveu o ambiente. Era como se o próprio céu sorrisse.

Daniel ainda estava ajoelhado, segurando Guilherme com firmeza e ternura. A atmosfera ao redor parecia suspensa entre dois mundos. O peso da culpa ainda era real — mas agora havia algo mais forte: a presença da graça.

— Aquela noite não foi o fim da sua história, Guilherme — disse Daniel, olhando nos olhos dele. — Foi o começo da batalha. E o seu chamado é maior do que os erros que você cometeu.

Guilherme, ainda trêmulo, balbuciou:

— Eu... eu deixei portas abertas. Eu toquei o que era impuro. E se ele estiver certo? E se eu dever sangue?

Daniel olhou para o teto da cripta, onde o vitral trincado refletia a luz dourada recém-manifestada. Com voz firme, porém compassiva, respondeu:

— Você devia sangue, sim. Mas alguém pagou por ele.

Aquele lugar se encheu de um silêncio reverente. Uma presença sutil, doce e santa se fez notar — não como invasão, mas como alívio. Guilherme, ainda ajoelhado, sentiu algo escorrer pelo seu peito — dessa vez, não lágrimas, mas um óleo invisível, quente, que parecia limpar por dentro, como bálsamo que desinfeta uma ferida exposta.

Daniel então se levantou, abriu um pequeno relicário preso ao cinto e tirou um fragmento de pergaminho antigo, cuidadosamente preservado. Nele, uma palavra grega estava gravada à mão:

λύτρωσις — *Lýtrōsis* (“Redenção”)

— Essa palavra — disse Daniel — é usada nas Escrituras para descrever o que o Cordeiro fez por nós. Ela significa libertação mediante o pagamento de um resgate.

Ele se ajoelhou novamente, colocou o pergaminho sobre o peito de Guilherme e acrescentou outra inscrição, traçada com óleo sagrado:

ἱλαστήριον — *Hilastērion* (**“Propiciação”**)

— Essa, Guilherme, era a tampa da Arca da Aliança. O lugar onde o sangue era derramado para perdoar os pecados do povo. E agora... esse lugar é o seu coração. Porque o sangue foi derramado... por você.

Guilherme fechou os olhos. A pressão no peito deu lugar a um calor inusitado, como se brasas acesas ardessem em arrependimento, mas também em amor. Ele viu, em sua mente, o porão onde havia participado daquele ritual anos atrás. Mas, agora, algo acontecia: uma cruz surgia no centro da sala, e a ave antes degolada era substituída por um cordeiro de olhos vivos, que olhava para ele sem acusação.

— Eu não sou mais o mesmo — murmurou ele, com a voz embargada. — Eu fui achado... e agora... nascido.

Daniel assentiu, com os olhos marejados.

— E ninguém pode tirar isso de você.

Ele então se levantou e, com solenidade, declarou o versículo que selaria aquele momento:

> ***"Em quem temos a redenção pelo seu sangue, a remissão dos pecados, segundo as riquezas da sua graça."*** (Efésios 1:7)

A cripta pareceu respirar com ele. O vitral, antes trincado, misteriosamente havia sido restaurado — como se o próprio ambiente celebrasse a reconciliação.

Antes de sair, Daniel pegou um pequeno objeto de prata e o colocou nas mãos de Guilherme. Era um amuleto antigo — não mágico, mas memorial — com três símbolos entalhados:

ἀγάπη (*Agápē*) — *o amor que cobre multidão de pecados.*
ἐλπίς (*Elpís*) — *a esperança que não falha.*
νίκη (*Nikē*) — *a vitória conquistada na cruz.*

Guilherme segurou o objeto junto ao peito. E, pela primeira vez em dias, sorriu.

Os Despertos entraram na sala e todos o abraçaram.

Do lado de fora, o céu se abriu com relâmpagos que não traziam medo, mas glória. A cidade acordou inquieta. Na avenida Afonso Pena, um grupo de intercessores orava em plena madrugada — sem saber exatamente por quê. Eles apenas obedeciam ao Espírito. E do alto, sobre a Praça Raul Soares, um selo invisível no mundo espiritual brilhou por um breve segundo. Algo havia sido quebrado. Não no inferno, mas no coração de Guilherme.

E isso ecoou pela cidade.

No Bairro de São Cristóvão, na antiga Torre de Oração dos Gideões da Sexta Igreja Batista, onde há mais de 20 anos os santos se revezam noite e dia em adoração, um jovem intercessor chamado Elias, enquanto cobria seu turno, foi tomado pela forte presença de Deus naquele lugar. Ele não sabia o motivo, mas seus olhos estavam cheios de lágrimas. Quando se levantou e ergueu os braços, uma rajada de vento varreu a torre, mesmo com todas as janelas fechadas. O Espírito havia passado ali. E no alto da torre, uma silhueta flamejante, como um homem com vestes de luz, foi vista por uma mulher de oração que sussurrou:

— Um anjo... de guerra.

No Alto Vera Cruz, uma senhora chamada Dona Iolanda, que há décadas mantinha uma lista manuscrita com o nome dos jovens do bairro, começou a orar em línguas como se estivesse sendo carregada. Suas palavras não eram humanas. Seus olhos estavam fechados, mas seu espírito via. Ela via correntes sendo quebradas, via um garoto de vinte e poucos anos sendo libertado da culpa. E sussurrou entre lágrimas: — É o tempo... do retorno.

Na Pedreira Prado Lopes, em um beco esquecido, um ex-dependente químico convertido há poucos meses, chamado Moisés, sentiu o coração arder. Ajoelhou-se no chão de cimento cru e orou com o rosto colado ao solo. E, naquele instante, uma luz intensa apareceu ao seu lado, como se o poste de luz tivesse se acendido por dentro — mas ninguém mais a via. Apenas ele, que testemunhou uma sombra fugindo, expulsa pela oração sincera.

No topo da Serra do Curral, um grupo de jovens fazia uma vigília silenciosa. Sem instrumentos, sem palco. Apenas a Bíblia, cobertores e corações rendidos. Quando Guilherme recebeu o toque da redenção, um deles — Mariana — sentiu o Espírito gritar dentro de si: "Alguém foi restaurado! O Céu cantou!" E sem combinar, todos começaram a cantar espontaneamente um antigo cântico:

"Te exaltamos, ó Cordeiro... Santo és, digno és de louvor..."

No bairro Buritis, uma criança de nove anos acordou com o som de uma música que seus pais não ouviam. Ela viu uma luz na janela e disse à mãe: — Têm homens brilhantes lá fora... eles estão felizes.

No bairro Floresta, dentro de uma sala silenciosa da casa de recuperação Monte Sião, um rapaz desviado da fé, com histórico criminal no tráfico de drogas, caiu de joelhos de repente, sem entender o motivo. Sentiu o peso da vida inteira sair do peito. E murmurou:

— Jesus... me reencontra também.

Toda a cidade gemeu e brilhou ao mesmo tempo, como se um sinal misterioso houvesse percorrido os céus de Belo Horizonte, despertando sentinelas adormecidas. Sons de oração, choro e adoração brotaram dos becos e morros, das torres e praças.

E no céu, muito acima das nuvens, anjos se moviam em formação, como ondas de fogo branco, levando luz aos lugares onde corações estavam prestes a ceder ao medo. Mas não cederiam. Estavam preparados para a guerra que se avizinhava.

Tudo por causa de um coração que foi lavado, quebrantado, redimido.

Porque quando um filho volta ao Pai, toda uma cidade pode sentir.

Do outro lado do mundo, em Genebra, um ataque de falsa bandeira era orquestrado por influenciadores controlados por Maetrea. Com um toque sutil, ele espalhava caos, teorias da conspiração, divisão. Os sinais da morte da Terra se multiplicavam.

Mas algo o incomodava.

— Ele invocou o Nome. — disse Maetrea, num sussurro quase de nojo.

Em um recanto oculto, onde o tempo não flui e a escuridão parece viva, Maetrea aguardava.

As sombras tremulavam ao redor de seu trono de pedra negra, esculpido com ossos e símbolos esquecidos. O ar era denso como fumaça parada, e o silêncio era mais cruel que o grito de uma alma torturada. Diante dele, lentamente, uma névoa púrpura tomou forma.

Jezabel.

Seus cabelos pareciam serpentes líquidas. Seus olhos, duas poças de ambição e veneno. Seu corpo não era mais o de uma mulher, mas um espectro que exalava luxúria e orgulho, com vestes que ondulavam como fumaça. Ela se curvou com falsa reverência, mas Maetrea não se moveu.

— Você falhou. — sua voz era como metal quebrando, fria, cortante, irremediável.

Ela sorriu com os lábios, mas os olhos tremeram.

— Ele era fraco. Ferido. A culpa o consumia. Eu entrei sem resistência. Ele me deu espaço.

— E ainda assim você despertou os céus. — Maetrea se ergueu de onde estava, sua presença enchendo o espaço como uma tormenta prestes a romper os céus. — Você não só perdeu... como se tornou catalisadora daquilo que tentamos impedir há décadas.

— Não era a hora certa! — Jezabel tentou justificar-se. — O Desarmador chegou antes. Eu teria vencido se...

— Silêncio! — Ele levantou a mão, e com ela veio um peso insuportável, que fez Jezabel se contorcer como se estivesse sendo esmagada por montanhas invisíveis.

— Você é uma lembrança de tudo o que o mundo odeia em si mesmo. Você seduz com orgulho, culpa com autoridade e alimenta o ego dos tolos. Mas esta noite, você foi usada contra nós.

— Enquanto atacava, despertou os intercessores.

— Enquanto sussurrava, os céus rugiam.

— Enquanto envergonhava, a redenção descia como fogo.

Maetrea se aproximou, e o chão rachou sob seus pés.

— Você é Oroboros, uma serpente cega que morde a própria cauda. Não servirá mais à nossa causa.

Ela recuou, ofendida, furiosa.

— Você não pode me banir. Eu sou antiga! Eu fui entronizada nas palavras de reis e nos leitos de profetas caídos! Eu...

— Você é exilada da minha presença. — disse Maetrea com a autoridade dos abismos.

Ele estendeu a mão esquerda, e um selo negro flamejante surgiu no ar, girando com símbolos antigos — letras de julgamento.

ϰ (*Khi*) — *para cortar.*
Ψ (*Psi*) — *para dividir alma e espírito.*
Θ (*Theta*) — *para morte anunciada.*

A sombra de Jezabel gritou, contorcendo-se em dor espiritual, sugada para longe como se uma ventania eterna a levasse a um vazio sem forma.

Seu grito ainda ecoava enquanto o silêncio retornava. Maetrea fitava o vazio deixado por sua ausência.

— Que os fracos se alegrem... por agora.

E então voltou ao seu trono. Contudo, dentro de si ele sabia: a guerra acabava de mudar de direção.

REVELAÇÃO FINAL

DIA 7

"E ELES O VENCERAM PELO SANGUE DO CORDEIRO E PELA PALAVRA DO TESTEMUNHO QUE DERAM." (APOCALIPSE 12:11)

O PASSADO TEM VOZ. ELE GRITA DOS PORÕES DA ALMA, EXIGINDO JUSTIÇA POR PACTOS FEITOS NA IGNORÂNCIA, POR ESCOLHAS MANCHADAS DE SANGUE E SOMBRAS.

E QUANDO A CULPA ENCONTRA UMA BRECHA, ELA ARRASTA CONSIGO CORRENTES INVISÍVEIS, TENTANDO AMARRAR O PRESENTE AO QUE JÁ DEVERIA ESTAR MORTO.

MAS O CÉU NÃO RESPONDE COM VINGANÇA.

O CÉU RESPONDE COM UM CORDEIRO.

COM UM TRONO.

COM UM SANGUE QUE FALA MAIS ALTO QUE O SANGUE DERRAMADO NO CHÃO (HEBREUS 12:24).

O NOME DELE É JESUS — E SEU SANGUE NÃO ACUSA... ELE ABSOLVE.

O QUE FOI INVOCADO NAS TREVAS, FOI CONSUMIDO PELA LUZ.

O QUE CLAMAVA POR CONDENAÇÃO, FOI SILENCIADO PELA CRUZ.

GUILHERME ESTÁ LIVRE.

NÃO PORQUE NÃO ERROU.

MAS PORQUE ALGUÉM PAGOU O PREÇO.

E AGORA, A VOZ QUE ECOA DO CÉU NÃO É A DA CULPA, MAS DA MISSÃO:

"LEVANTA-TE, DESPERTO. VOCÊ NÃO FOI APENAS PERDOADO. VOCÊ FOI CONVOCADO."

A GUERRA ESPIRITUAL NÃO AGUARDA OS CURADOS. ELA CHAMA OS FERIDOS REDIMIDOS PARA LIDERAR.

AQUELA NOITE FOI APENAS O INÍCIO.

O SÉTIMO DIA ENCERROU COMO UM SELO SENDO ABERTO.

O MUNDO ESPIRITUAL TREMEU.

PORTAIS SE MOVERAM.

E AS TREVAS, POR MAIS SUTIS QUE SEJAM, SENTIRAM A RACHADURA NO TECIDO DA DOMINAÇÃO.

O TEMPO CORRE.

A CONTAGEM SEGUE.

RESTAM SEIS DIAS.

SEIS SELOS.

SEIS PORTAIS.

SEIS PROVAS.

E CADA UMA SERÁ MAIS DIFÍCIL DO QUE A ANTERIOR.

A PRÓXIMA BATALHA NÃO SERÁ APENAS CONTRA ESPÍRITOS EXTERNOS.

SERÁ CONTRA TUDO O QUE AINDA VIVE DENTRO DOS ESCOLHIDOS.

VOCÊ PODE ESTAR LIVRE...

MAS ESTARÁ DISPOSTO A LUTAR?

RUÍNA E REVELAÇÃO

Guilherme caminhava pelas ruas do Centro como quem pisa em território estrangeiro. Precisava espairecer, pôr as ideias no lugar depois de tudo o que havia ocorrido no dia anterior. Já não havia mais medo de ataques sobrenaturais, agora ele estava revestido do manto da humildade, que lhe concedia a graça de entender que não era nada, que dependia totalmente de Deus e com isso se tornava invisível, onde quer que estivesse, tanto para o reino das trevas quanto para o mundo natural.

Era sua cidade. Seus passos conheciam aqueles calçamentos como memórias encravadas no asfalto. Já havia passado centenas de vezes pela rua da Bahia, pelas praças com nomes de heróis antigos, pelos becos invisíveis aos turistas. Mas agora... tudo parecia estrangeiro. Familiar e, ao mesmo tempo, irremediavelmente distante.

As fachadas neoclássicas de Belo Horizonte, antes belas em sua rigidez histórica, agora lhe pareciam esculpidas por mãos tremendo de febre. Havia algo nas paredes — não visível, mas perceptível. Como rachaduras invisíveis se espalhando entre os tijolos, como se a própria cidade estivesse gemendo sob o peso de algo prestes a romper.

Ele via a agonia do invisível.

Desde a possessão na praça, desde que sentira aquela voz vinda do abismo, seus olhos se abriram não apenas para o que era espiritual, mas para o que era eternamente real. O mundo físico, antes tão concreto, agora era apenas a sombra de algo maior. E mais perigoso.

Havia nos céus uma dança que poucos percebiam.

Quando nuvens se agrupavam de forma abrupta, Guilherme sabia: algo espiritual estava se movendo.

Quando um cão uivava ao longe sem motivo aparente, ou um vendedor ambulante olhava para o nada com olhos vazios por um segundo... Guilherme sentia como se o mundo estivesse sendo espiado.

Ele se tornara sensível.

Demais.

O café na calçada da rua Espírito Santo parecia banal. Mas no canto do toldo, havia um homem de aparência comum — exceto pelos olhos que não piscavam. Um espírito disfarçado, talvez. Ou um enviado. Guilherme seguiu em frente.

A cidade respirava diferente. Como se tivesse duas atmosferas sobrepostas: uma para os olhos naturais, outra para os olhos dos Despertos.

Ele cruzou a avenida Afonso Pena. Carros passavam, buzinas gritavam. E ainda assim, tudo parecia desacelerado, como se o tempo tivesse hesitado por um instante. Ele olhou para o céu. Nuvens pesadas se formavam, mas não com promessa de chuva — e sim de revelação.

Ele estava cansado. Não fisicamente, mas existencialmente.

Ser chamado, ver o invisível, carregar o peso de uma realidade que a maioria ignora... não era romântico. Era solitário. Doloroso.

Mas era também inevitável.

Ao passar pela antiga Igreja São José, parou. Não por fé..., mas por instinto.

Havia algo ali. Uma pulsação. Um sussurro. Como se a cidade inteira estivesse debaixo de uma respiração contida.

Um anjo?

Um alerta?

Ou apenas a interseção entre dois mundos que, por um breve instante, se tocavam?

Sua mão tremeu.

Ele fechou os olhos.

E naquele momento, sentiu.

Não era um pensamento.

Era um conhecimento que atravessava a alma como fogo líquido.

Um calor antigo, ancestral, como se vozes milenares se levantassem debaixo de suas costelas e murmurassem verdades há muito enterradas. Guilherme parou, instável, e então ouviu seu nome ser chamado.

— Guilherme!

Era Daniel, o jovem de olhos cortantes, que o avistara pela janela do templo e o chamou com urgência para o esconderijo dos Despertos.

O lugar já estava cheio.

A sala subterrânea, onde as paredes exalavam incenso e oração há dias, parecia estar em suspenso. Havia tensão no ar. Algo antigo havia sido desenterrado. E estava sobre a mesa.

Um rolo de pergaminho.

Não era comum, nem decorativo. Era pesado no espírito.

Daniel se aproximou, com cuidado, como quem se curva diante de um relicário sagrado.

— Isso foi recuperado de uma comunidade cristã no sul da Etiópia, nas montanhas próximas a Lalibela, há mais de cinquenta anos — disse ele, quase em sussurro. — Aparentemente, é uma revelação paralela às de João em Patmos. Apócrifa, sim... mas autêntica em sua essência espiritual. É chamada por alguns estudiosos locais de "ውድማ ሰባተኛው ማረፊያ" — Wədmä Säbatäññaw Maräfiya — "O Cântico do Sétimo Selo".

Todos os presentes se inclinaram ligeiramente.

Não por idolatria, mas por reverência à gravidade do momento.

Daniel continuou:

— Acredita-se que esse texto foi preservado por descendentes daquele eunuco etíope que foi batizado por Filipe, em Atos 8. Alguns registros orais afirmam que, após sua conversão, ele se tornou não apenas um evangelista em sua terra, mas também um Eclesiástico de seu tempo, receptor de visões sobre o tempo do fim — paralelas às do Apóstolo João.

Silêncio.

Daniel desenrolou cuidadosamente parte do pergaminho. Os caracteres estavam intactos, preservados como se o tempo houvesse hesitado diante daquela relíquia.

Guilherme se aproximou, atraído como ferro por imã.

Ele olhou para os símbolos em *ge'ez* — a língua litúrgica antiga da Etiópia. Seu coração bateu forte. Um dos selos desenhados trazia uma combinação que o fez estremecer por inteiro.

Seu nome.

Não escrito em português, nem sequer em hebraico. Mas estava ali, codificado: "ዮሐንስ ግልብልና" — Yohannes Gilbilina — "João Guilherme" em português.

Guilherme recuou, ofegante.

— Como isso é possível? — murmurou, enquanto as mãos suavam. — Meu nome de batismo é João Guilherme!

Daniel o encarou, firme.

— Guilherme... ninguém aqui sabia que seu nome de batismo é João. Mas esse é o nome usado no texto. "Yohannes", que em etíope representa tanto o discípulo amado quanto o autor do Apocalipse. E "Gilbilina" — um termo antigo para "valente, aquele que guarda a entrada". Teu nome está selado neste texto, como alguém cuja função é resistir… ou liberar. Um protetor valente agraciado por Deus.

Ele apontou para uma parte marcada do pergaminho. Traduzida, dizia:

"Quando o sexto selo se rasgar e a sombra invadir os templos, surgirá um com nome de guerra e de graça. A ele será dado o peso da chave. Ele resistirá à Porta — ou a abrirá. E os que dormem acordarão pelo seu chamado".

Um silêncio sagrado pairou. Todos os olhos estavam em Guilherme.

Daniel voltou-se para ele:

— Você não é só mais um desperto. Você é o Desperto Definitivo. Aquele que será o catalisador para a reunião dos chamados.

Você não apenas resiste ao mal…

Você carrega o poder de fechar a porta do inferno.

Ou… se vacilar… de abri-la.

Guilherme sentia o chão vibrar sob seus pés. Como se a terra reconhecesse aquela verdade antes mesmo dele.

Ele não pedira aquilo.

Mas não podia negar o que agora o habitava.

Seu nome estava selado em uma profecia esquecida.

Seu destino era resistir.

Ele sentiu a cicatriz que havia recebido no incidente do viaduto queimar em seu peito como que celebrando sua realização e entendimento daquela revelação.

E o relógio corria.

— Seu nome está no cântico porque sua vida é o que impede o desencadeamento total da ruína — continuou Daniel. — Se você morrer, o selo se abre. E Maetrea reina.

O silêncio foi absoluto. Guilherme sentiu o estômago afundar.

— Mas... eu morri. Ou quase.

— E por isso mesmo o inferno se agitou. Eles sabem que o tempo está curto. Você não pode apenas sobreviver. Tem que resistir. E resistir não é só fugir... é se posicionar.

Guilherme ficou imóvel. Como se o tempo, por um breve segundo, tivesse parado ao redor apenas para observá-lo decidir.

O nome, ainda ecoando em sua mente — Protetor Valente agraciado por Deus.

Não era um título.

Era um decreto eterno, como se o céu o estivesse entronizando diante dos homens.

Mas tudo dentro dele lutava contra aquilo.

Sua alma, marcada por falhas e fugas, não parecia digna de carregar nenhum selo.

Ele era o homem que havia sido invadido. Que deixara portas abertas em seu passado. Que negara dons. Que quase enlouqueceu.

Como poderia ser o "Desperto Definitivo"?

— Eu não sou esse homem… — disse Guilherme, em voz baixa, quase sufocada. — Eu… só queria sobreviver a tudo isso.

Daniel se aproximou com ternura. Tocou-lhe o ombro.

— Ninguém escolhido por Deus quer isso no início, Guilherme. Moisés fugiu. Jeremias protestou. Jonas tentou sumir. E mesmo o Filho… o próprio Filho, suou sangue antes de dizer: "Seja feita a Tua vontade".

Aquelas palavras quebraram algo em seu peito.

Guilherme caiu de joelhos.

As mãos cobrindo o rosto.

A alma inteira em desordem.

Mas no centro do seu espírito, uma luz se acendia.

Não era grito, nem clamor. Era entrega.

Um "sim" sem aplauso.

Um "eis-me aqui" rasgado e real.

Ele não se sentia forte. Mas naquele instante, entendeu: não precisava ser.

Deus não o chamara por estar pronto.

O chamara porque era tempo.

E o tempo... já havia começado a ruir.

O chão do esconderijo tremeu levemente.

Do alto, uma pequena rachadura na parede se abriu, como um sussurro do Céu.

E Guilherme, ainda ajoelhado, ergueu os olhos — agora não mais turvos.

Sua voz saiu embargada, mas firme:

— Se eu carrego a chave... então que minhas mãos jamais tremam diante da Porta. Eu aceito. Não por mérito. Mas por misericórdia. Se for para resistir... então que eu permaneça até o fim.

Daniel assentiu, emocionado.

— Então, o Cântico começou.

E o inferno... já sabe seu nome.

De repente o cântico é interrompido abruptamente, ouvem-se gritos no lado de fora da igreja, estava ocorrendo uma transmissão de um pronunciamento global. O mundo parou para ouvir o novo "Conselheiro Internacional de Estabilidade e Tecnologia Espiritual".

Daniel, Guilherme e os Despertos pararam por um instante a leitura do manuscrito e abriram o celular para verem a transmissão.

Telões em Times Square. Silêncio em frente ao Parlamento Europeu. Mãos unidas nas praças de Istambul, Tóquio, Brasília, Kinshasa, Bogotá.

Até as selvas da Indonésia recebiam o sinal via satélite.

O mundo parou.

Na tela, o homem de linho claro, rosto tranquilo, voz de mel e aço.

Dr. Marcus Aurélius, nome que havia se tornado sinônimo de equilíbrio e sofisticação. O filósofo e sociólogo que, em menos de dois anos, havia mediado tratados, acalmado líderes, previsto colapsos e salvado milhões com seus métodos. Um cientista, um diplomata, um pensador. Mas havia algo mais em sua presença. Algo que ninguém sabia nomear... só sentir.

Com o globo em convulsão — guerras localizadas, colapsos mentais em massa, religiões se fraturando internamente, suicídios em alta, redes em pane e fenômenos inexplicáveis sendo registrados nos céus —, todos aguardavam por respostas.

Ele sorriu, sereno.

E falou.

"Queridos habitantes da Terra,

Durante séculos, buscamos respostas nas tradições, nas religiões, nos livros sagrados... e, por um tempo, isso serviu a um propósito. A humanidade precisava de mitos, de símbolos, de fé.

Mas hoje, nós temos mais.

Temos a ciência.

Temos os dados.

Temos a frequência".

(Pausa. O mundo ouve.)

"Os conflitos que vivenciamos, os colapsos de identidade, a dor coletiva, não são apenas políticos ou psicológicos. São espirituais.

Mas não no velho sentido tribal e limitado de 'espiritualidade'.

Não estamos mais divididos por denominações, doutrinas ou ritos.

Estamos unidos por uma linguagem maior: a energia consciente".

(A voz dele parecia embalar quem ouvia.)

"Descobrimos — por meio de modelos quânticos, simulações linguísticas e padrões biomagnéticos — que o ser humano é receptivo à ressonância espiritual. Cada povo, cada cultura já intuía isso.

Mas agora... comprovamos. Medimos. Calculamos. E... otimizamos".

(E então veio o decreto.)

"Hoje, perante a ONU, OTAN, Israel, Liga Árabe, Confederação do países africanos, do Mercosul, da União asiática, da República popular da China, da

Índia, da confederação da Oceania, Nafta e liga caribenha, dos Institutos de Saúde Global, das Universidades de Pesquisa de todo o mundo e do novo Observatório de Consciência Planetária...

Declaro oficialmente instituído o Conselho Internacional de Estabilidade e Tecnologia Espiritual.

Este conselho será responsável por mediar, unificar e promover as práticas de elevação da consciência universal.

Não será mais necessário o proselitismo. Nem os templos de pedra.

O sagrado agora é ciência viva.

E eu, com humildade e obediência ao bem maior, aceito a missão de presidir este conselho como seu Primeiro Coordenador. Dando continuidade eu meu árduo trabalho de promover o diálogo global e paz mundial. Com plenos poderes para investigar, regulamentar e aplicar intervenções nos temas concernentes ao equilíbrio da conjuntura global".

Aplausos. Choro. Silêncio.

Cada país, cada líder, recebeu o memorando oficial no mesmo instante.

Maetrea concluiu:

"Preparem-se.

As velhas religiões não serão perseguidas, mas dissolvidas na luz da compreensão.

Todos poderão continuar suas tradições — desde que se alinhem às novas diretrizes energéticas.

A Nova Era já começou.

E nenhum muro resistirá à frequência do amor".

A transmissão se encerrou com uma onda sonora baixa, quase imperceptível, mas que fez o coração de muitos disparar — outros, choraram sem entender por quê.

Em alguns pontos do globo, líderes religiosos silenciaram. Outros... desapareceram misteriosamente.

Logo após o término da transmissão, o mundo ficou em suspenso. Alguns tentaram reagir, mas tudo já estava arquitetado.

Em Genebra, líderes de 14 religiões tradicionais se reuniram às pressas. O Patriarca Ortodoxo, um homem velho e trêmulo, tentou levantar a voz, mas caiu ao chão com dores intensas no peito antes de terminar a frase.

Um rabino se retirou em lágrimas, murmurando:

— Isso... não é luz. Isso é disfarce.

Ele foi encontrado morto poucas horas depois em seu quarto de hotel, com os olhos queimados.

Em Roma, a cúpula do Vaticano hesitou. O novo Papa, simpático à ciência e aos diálogos interespirituais, emitiu uma nota morna: "Aceitamos que novos tempos exigem nova linguagem. O espírito da cooperação será mantido".

Nos bastidores, no entanto, os arquivos secretos do Vaticano foram selados. Dois cardeais desapareceram sem explicação.

Em Meca, o caos. Alguns Imãs declararam a fala de Marcus Aurélius como "o maior engano do século". Horas depois, seus microfones estouraram em meio à transmissão e sinais estranhos começaram a se formar no céu.

Em Jerusalém, as três grandes religiões não conseguiram sequer entrar em consenso. Um terremoto de pequena magnitude atingiu o Monte do Templo sem causar vítimas — mas rachaduras se abriram no solo... em forma de letras. Letra hebraica por letra hebraica, formando:

שֶׁקֶר

(***Sheqer* — *"Mentira"***).

Líderes mundiais aplaudiam. O presidente do Brasil estava lá. O Papa também. A maioria dos chefes de estado sorria como crianças que receberam doce. Guilherme sentiu um frio percorrer sua espinha.

— Ele está se revelando — sussurrou Daniel. — E ninguém está percebendo.

Nas Regiões Celestiais: a resposta invisível.

Enquanto os homens se calavam ou se corrompiam, os céus se movimentaram. E aqueles com olhos espirituais sentiram.

Na África, um pastor cego em Angola começou a enxergar. E, chorando, repetia em kimbundu:

— Ele vestiu-se de linho, mas seu hálito tem cheiro de cova.

Um grupo de crianças começou a profetizar em línguas que nunca aprenderam. Uma delas desenhou o rosto de Maetrea — e embaixo, escreveu com o dedo na terra:

"O Lobo fala como o Cordeiro".

Na Índia, luzes começaram a dançar sobre uma aldeia esquecida, onde uma pequena igreja subterrânea havia jejuado por sete dias. O pastor, já fraco, caiu em êxtase e ouviu uma voz:

— "Fortaleça os braceletes do Desperto. Ele está entre vocês".

Em BH, no topo da Torre de Oração dos Gideões da Igreja Batista, um trovão de luz invadiu a sala de intercessão. Os que ali estavam caíram de joelhos.

Uma intercessora — muda desde o nascimento — começou a orar em voz alta, clamando:

— Ele é o mentor do engano! A terra se curva, mas o céu resiste! O selo ainda não foi quebrado!

Na Capadócia, em ruínas subterrâneas de antigos cristãos, um grupo de arqueólogos encontrou um manuscrito selado em cera — com a mesma inscrição que havia aparecido na rachadura em Jerusalém. Ao abrir, uma frase em grego arcaico:

"Μὴ πιστεύσῃς τῷ φωτὶ ἐὰν οὐ κρίνεται ἐκ τοῦ Πνεύματος."
(*"Não confie na luz se ela não for julgada pelo Espírito."*)

Enquanto isso, nos bastidores da Igreja, em Belo Horizonte, os Despertos reuniram-se no subterrâneo, com os olhos fixos em Guilherme. O Desarmador os havia transladado imediatamente para lá, pois o esconderijo anterior já era de conhecimento do inimigo desde a invasão de Jezabel. Não havia tempo a perder mais, era hora de agir.

Eles sabiam:

O Portador da Chave foi revelado.

E o impostor, enfim, assumiu o trono.

Guilherme, Daniel, Ana, o Intercessor, o Desarmador e os demais Despertos estavam ali. Não havia mais dúvidas. O mundo podia não ver, mas o véu estava se rasgando. O invisível pressionava o visível. Cada um deles sentia as marcas espirituais queimando com mais intensidade no corpo e na alma.

Guilherme não dormia há dois dias, mas seus olhos brilhavam como brasas. Ele parecia mais desperto do que nunca.

— Isso não foi apenas uma transmissão — disse Daniel, voz grave, quase um trovão contido. — Foi um decreto espiritual. Um selo invisível foi imposto sobre as nações. Ainda não está selado... mas está forjado.

O Intercessor, olhos fechados, movia os lábios em línguas, como se orasse em ecos de outro tempo.

Ana, em pé perto da janela, olhava para o céu com o coração em chamas.

— Eu ouvi... nas entranhas do Espírito. O som das trancas. O som da chave girando.

O Desarmador se levantou do canto da sala, onde manuseava velhos equipamentos espirituais.

— O engano não virá como guerra. Virá como alívio.

Ele colocou sobre a mesa um artefato antigo, feito de ferro celestial e madeira de acácia.

— Mas quando ele apertar o último parafuso da paz... o inferno inteiro será liberado.

Daniel desenrolou o pergaminho etíope sobre a mesa. O símbolo central — o mesmo que causara o estremecimento em Guilherme — pulsava como um selo vivo. Guilherme esticou a mão e, ao tocar as letras aramaicas, viu *flashes*: chamas, multidões, e ele... diante de uma porta negra que tremia com fúria.

— O tempo está correndo — disse Ana.

— O Selo do Sétimo Dia se aproxima. O Cântico foi aberto. O Desperto está entre nós.

E todos olharam para Guilherme.

Ele não recuou.

Seus olhos, ainda marejados, ardiam com a certeza que só o Espírito pode dar.

— Então que venha o que tiver de vir.

— Se fui chamado para resistir à porta, que eu a encare com fé.

— E se eu cair... que seja de joelhos.

Silêncio. E então, como uma onda invisível de poder, uma unção caiu sobre o grupo.

O ar ficou denso. Um anjo atravessou a sala sem ser visto, mas sentido.

A resistência havia começado.

Naquela noite, Guilherme não conseguiu dormir. Foi quando veio. Não um sonho. Uma visão. Ele estava de pé num campo de batalha. Acima dele, nuvens rodopiavam como olhos atentos. De um lado, exércitos de luz com armaduras flamejantes, tocando trombetas com línguas de fogo. Do outro, seres com forma humana, mas olhos de trevas e bocas como ferros em brasa, marchando com ódio silencioso. No meio... ele. E ao fundo, o rosto de Maetrea se formando como um eclipse no céu.

Então, uma voz, como o som de muitas águas:

— Quando o justo recua, os portões se abrem.

Guilherme caiu de joelhos. Uma mão o tocou no ombro. Era Leonardo, um dos recém apresentados do grupo, em forma glorificada. Atrás dele, outros Despertos — agora não como pessoas comuns, mas como guerreiros de luz.

— Levante-se, pois ainda há dias. Ainda há esperança.

Ele acordou ofegante. E sabia o que precisava fazer.

Na manhã seguinte, três atentados aconteceram simultaneamente: em Bruxelas, Tóquio e Brasília. Nenhum grupo assumiu. Mas todas as câmeras haviam sido misteriosamente desativadas minutos antes. Ao mesmo tempo, uma onda de aparições espirituais começou a ser relatada por crianças ao redor do mundo. A maioria delas dizia: "O mundo vai dormir, mas o sol está caindo".

Daniel, ao ler os relatos, apenas confirmou:

— Está começando.

REVELAÇÃO FINAL

DIA 6

"POIS JÁ O MISTÉRIO DA INJUSTIÇA OPERA; SOMENTE HÁ UM QUE AGORA RESISTE ATÉ QUE DO MEIO SEJA TIRADO."
(2 TESSALONICENSES 2:7)

A ESCURIDÃO JÁ NÃO PRECISA SE ESCONDER.

ELA FALA EM CONFERÊNCIAS, ASSINA DECRETOS E ASSUME PÚLPITOS PROFANOS.

A MORTE DE UM HOMEM PODE ABRIR AS PORTAS PARA A RUÍNA DO MUNDO.

MAS A ENTREGA DE UM HOMEM PODE ADIAR O ABISMO.

GUILHERME NÃO É SÓ UM SOBREVIVENTE: É UMA TESTEMUNHA.

E TESTEMUNHAS, NAS MÃOS DO ESPÍRITO, TORNAM-SE CHAVES.

ELAS NÃO ESCAPAM DA FORNALHA. ELAS SÃO LANÇADAS NELA... PARA QUE NELA BRILHEM.

A VERDADE NÃO ESTÁ MAIS APENAS NOS LIVROS.

ELA ANDA PELAS RUAS. SANGRA. RESPIRA. ORA EM SILÊNCIO.

E CADA SUSPIRO DOS DESPERTOS TEM PESO DE ETERNIDADE.

MAETREA NÃO PRECISOU FORÇAR SUA ASCENSÃO.

A HUMANIDADE IMPLOROU POR ELA.

PAZ SEM VERDADE. LIBERDADE SEM REDENÇÃO.

A BESTA AINDA NÃO RUGIU — MAS JÁ ESTÁ ACORDADA.

E OS PORTÕES DO INFERNO ESTÃO RANGENDO COM ANTECIPAÇÃO.

O MUNDO ENTROU EM CONTRAÇÃO.

O RELÓGIO PROFÉTICO NÃO PARA.

SEIS DIAS SE FORAM.

FALTAM CINCO.

MAS O CÉU AINDA FALA.

E OS PORTADORES DA LUZ ESTÃO DESPERTANDO.

QUE AQUELE QUE TEM OUVIDOS... OUÇA.

ANTES QUE O SILÊNCIO GRITE MAIS ALTO QUE A TROMBETA.

O TEMPO SE ESGOTA

Guilherme acordou antes do nascer do sol. Havia dormido no templo onde os Despertos também se encontravam. O Pastor Flaviano os havia acomodado em salas subterrâneas do templo antigo, do qual poucos tinham acesso. Foram usadas no período da ditadura militar para proteger pessoas injustamente perseguidas naquela época. “As coisas são cíclicas demais, o povo esquece rápido das coisas e repetimos erros” ele disse ao recebê-los. O céu lá fora tinha uma coloração esquisita, como se estivesse entre o roxo e o cinza. Um pressentimento se instalava em sua mente, e com ele as seguintes palavras: “Alianças quebradas”.

Enquanto tomava café com Daniel e Ana, algo chamou sua atenção: todos os celulares no templo começaram a vibrar ao mesmo tempo. Vídeos, notificações e notícias explodiam na tela com a mesma mensagem críptica:

“O velho está morto. A nova consciência nasceu. Alinhe-se ou desapareça”.

Daniel franziu a testa. Conectou seu *tablet* a um painel oculto e abriu um sistema de vigilância espiritual — uma interface que cruzava orações, movimentações demoníacas e algoritmos digitais.

— Isso não é só uma tendência — disse ele. — É uma invasão em massa. Redes sociais, jogos, *streamings*, *apps* de meditação.... Tudo calibrado para enfraquecer a resistência. Cada rolagem, um feitiço sussurrado. Cada clique, um voto de rendição.

E, então, mostrando dados em tempo real:

— A mente humana está sendo domesticada. E o pior: estão chamando isso de liberdade.

Ana acrescentou:

— Isso é Babilônia 2.0. Uma torre erguida com dados, vícios e ilusões. Quem não subir será descartado.

Enquanto o caos digital se espalhava pelo mundo, Guilherme começou a sentir algo estranho. Uma série de pesadelos o perseguia — lembranças de uma infância apagada, fragmentos desconexos de um acidente, uma mulher chorando, uma promessa sussurrada ao pé de um berço. Era como se sentisse toda a cidade. Um dom que começava a amadurecer tão rapidamente quanto fora desabrochado dentro de seu coração.

Ana percebeu.

— Vejo que seus dons começam a se manifestar, não tenha medo. Deixe o Espírito fluir, levaria anos para te treinar, mas não temos todo esse tempo, aliás, tempo nenhum. Teremos que depender exclusivamente de Deus quando a hora chegar.

Isaías, um dos pastores da igreja, apareceu suado e ofegante no subsolo, avisando a todos que chegou na porta da igreja um grande número de policiais e um oficial de justiça com um mandado de segurança que os autorizava a entrar no prédio e investigar tudo. Ele não teria opção a não ser autorizar a entrada.

— Então que entrem, Deus é por nós.

— Mas vocês serão presos e sabe Deus o que farão com vocês lá...

— O Desarmador tem razão, pode deixar entrar. — Disse confiante o Intercessor.

As orações cessaram antes mesmo do som seco da batida na porta. Algo invisível percorreu o salão como uma onda de eletricidade estática. O relógio na parede marcava 03h33 — a hora em que as forças se encontram.

Do lado de fora, um comboio da Polícia Federal já formava um cerco. Viaturas, homens armados, luzes azuis cortando a madrugada. No comando, um oficial de justiça desceu do carro blindado, segurando uma pasta de couro com mãos trêmulas, embora tentasse esconder isso. Ele sabia que adentrava terreno consagrado — mas ordens eram ordens.

— POLÍCIA FEDERAL! ORDEM DE BUSCA E APREENSÃO! ABRAM A PORTA!

Dentro do templo, Guilherme, Daniel, Ana, o Intercessor, o Desarmador e os demais Despertos se entreolhavam em silêncio. Não havia medo — havia prontidão.

Daniel, com voz serena, disse:

— Lembrem-se: o que parece derrota é apenas a moldura para a vitória oculta.

O bater de aríete contra a porta soou como um trovão. A madeira estourou. A tropa irrompeu.

Foi então que o Desarmador avançou sem hesitar. Ergueu ambas as mãos, murmurando palavras em língua de anjos — palavras que vibravam na frequência do invisível.

Um calor envolveu Ana e os demais. Em segundos, seus corpos começaram a esmaecer diante dos olhos dos invasores. Não estavam fisicamente invisíveis, mas uma cegueira espiritual tomava conta dos agentes: viam apenas bancos vazios, paredes rachadas, ecos do que parecia uma sala abandonada.

Os federais não podiam vê-los.

Mas Daniel e Guilherme estavam ali, sólidos, visíveis — como faróis em meio ao nevoeiro.

Dois agentes se aproximaram e, sem hesitação, algemaram Daniel. Outros dois cercaram Guilherme.

— Você é Daniel Guerra? — perguntou o oficial, abrindo a pasta com o mandado.

— Sou — respondeu com serenidade.

— Está sob custódia por ordem do Conselho Internacional de Estabilidade e Tecnologia Espiritual. As acusações incluem sequestro, lavagem cerebral, conspiração contra a ordem pública e práticas religiosas não autorizadas.

Guilherme não resistiu. Aceitou as algemas como quem aceita uma coroa invisível.

Ana avançou um passo, impulsivamente, mas o Intercessor a conteve, colocando uma mão em seu ombro.

— Deixe que se cumpra — murmurou o Intercessor. — Está escrito.

Antes de ser levado, Daniel se virou para os Despertos — mesmo invisíveis aos olhos dos homens, seus corações estavam expostos diante dele.

— Vocês devem permanecer escondidos — disse Daniel com firmeza. — Vocês são os pilares que ainda sustentam esta geração. Não lutem agora. Vigiem. O tempo chegará. Este momento é necessário para que o plano do Alto se cumpra.

Mesmo sem entender, todos assentiram, corações apertados, mas convictos.

As viaturas partiram em comboio. Guilherme em uma, Daniel em outra.

Enquanto os carros avançavam pelas ruas escuras de Belo Horizonte, seus olhos se encontraram pelas janelas laterais, abertas apenas o suficiente para que uma troca de olhares eternizasse aquele instante.

Nenhuma palavra.

Apenas a certeza.

Eles sabiam.

O Cordeiro estava conduzindo o caminho... ainda que fosse pelo vale da sombra da morte.

Vários monitores transmitiam a invasão em tempo real. Drones, câmeras de rua, imagens térmicas. Tudo diante de Maetrea, na pele de Marcus Aurélius. Ele não piscava. Não sorria. Não precisava.

Ao seu redor, hologramas de líderes mundiais em reunião silenciosa. Ninguém ousava interromper o momento.

— Ele está pronto — disse Maetrea com voz baixa, como se falasse a si mesmo. — O mártir nasceu.

Um servo se aproximou com uma pasta negra contendo documentos sigilosos. Nela, o plano completo da transição para a nova era.

— Quando a primeira gota do sangue dele tocar o chão — continuou Maetrea — o selo se romperá. A "paz" cairá como véu. E a besta será entronizada.

Ele se levantou.

— O mundo precisa de um sacrifício. E ele... será voluntário.

Um símbolo antigo brilhou no fundo da sala. Era um olho dourado cercado de sete círculos, um deles agora ardendo em vermelho.

— Muito bem, o que a polícia não viu nós faremos, espíritos invadam aquela maldita igreja e matem o restante da gangue do Eclesiástico.

Antes mesmo que o cansaço da invasão policial pudesse dar lugar ao alívio, algo mais sombrio desceu sobre o templo.

A atmosfera mudou.

O ar tornou-se denso, elétrico, como se cada partícula estivesse sob tensão. As lâmpadas começaram a piscar, e o teto exalava um suor invisível, gotejando dobras da realidade que pareciam rasgar. O Desarmador foi o primeiro a sentir.

— Eles nos encontraram de novo — disse, ofegante, olhos fixos no vazio.

Ana olhou ao redor, inquieta.

— Como? Estávamos protegidos... invisíveis até para os olhos dos homens.

— Mas não para os olhos dos caídos — murmurou o Desarmador. — Não... a menos que...

Ele parou. O pensamento veio como um raio.

— Há um traidor entre nós.

Os outros Despertos se entreolharam. A tensão cresceu como uma bomba prestes a estourar.

Antes que qualquer resposta viesse, o templo tremeu.

Portas explodiram em estilhaços de vento. As paredes vibraram com um som que não era som, mas um grito cósmico: frequências distorcidas, risos infantis ao contrário, cânticos profanos que não vinham da terra.

E então eles entraram.

Os Portadores da Ira.

Eram sete. Formas altas, esqueléticas, com braços longos como raízes de árvores retorcidas. Suas bocas não tinham fundo, e de seus olhos pingava uma espécie de treva líquida. Seus nomes jamais seriam pronunciados por lábios humanos sem danos.

Eles atacaram como lobos famintos.

Leandra foi a primeira a cair, foi pega de surpresa com o ataque, mas a tempo de gritar avisando os outros.

Ana caiu de joelhos, olhos revirando, e começou a recitar em uma língua esquecida até pelos anjos — uma língua anterior à queda, anterior à criação. Guilherme a traduzia em alta voz para os demais: "Resistam, o inimigo não pode prevalecer, unidos vocês conseguirão avançar, mas somente na direção de Cristo!" Enquanto ele falava um espírito opressor o sufocou a ponto de sua voz não mais sair e desmaiar com a falta de ar.

Melquizedeque foi até eles a fim de curá-los. Agora, os demais não poderiam ter acesso ao dom dele, pois se ele os abandonasse certamente morreriam.

Lídia não conseguiu segurar mais a blindagem daquele lugar e caiu desfalecida.

O Desarmador se posicionou, criando campos de dispersão com as mãos, era a última linha de defesa do grupo. Uma luz azulada envolveu seus gestos. Dois Portadores foram repelidos. O terceiro, mais forte, transpassou o escudo e o atingiu no flanco com uma lança espiritual invisível.

Ele gritou.

Sangue brotou de seu lado como se o templo tivesse sido ferido também.

O Intercessor correu até ele, mas foi impedido por uma força que o prendeu ao chão. Era medo? Era propósito?

Foi quando Miguel, um dos Despertos presentes, se adiantou. Era jovem. Nunca havia se destacado entre os integrantes do grupo. Calado, observador, sempre com olhos cheios de perguntas — e agora, cheios de decisão.

— Eu sou o traidor — disse com a voz embargada, encarando os outros. — Eu os entreguei. Pensei que Maetrea traria equilíbrio... que poderíamos evitar o sofrimento. Fui enganado.

O Intercessor tentou interrompê-lo, mas Miguel continuou.

— Mas eu sei o que preciso fazer.

Ele se ajoelhou ao lado do Desarmador, colocou a mão em seu ferimento, e invocou o dom que poucos sabiam que ele possuía: Estigmata!

Translação de Dor.

Uma luz dourada tomou seu corpo, e em questão de segundos, as feridas do Desarmador se fecharam... enquanto as mesmas lacerações se abriram no corpo de Miguel.

Ele tombou nos braços do Desarmador já totalmente recuperado. Seu rosto, ainda jovem, agora marcado pela dor, se transformava em serenidade.

— Agora você sabe... o que significa ser um Desperto — disse, com um fio de voz. — É... sangue por sangue.

Seus olhos se fecharam. O templo silenciou por um momento.

Os Portadores recuaram, como se repelidos por algo que não podiam tocar. A morte de Miguel havia deixado um rastro de santidade impossível de ser corrompido.

Eles partiram.

E o silêncio voltou como um manto pesado.

O Desarmador, com lágrimas nos olhos, levantou-se lentamente. Olhou para os corpos feridos, Lídia e Geraldo não resistiram e sucumbiram, Melquizedeque também tombara para salvar Ana que estava muito debilitada, havia muito sangue no chão. Seu peito ardia com algo que ele não compreendia — raiva, perda, propósito.

— Eu... não posso continuar. Isso é loucura. Eu não quero mais fazer parte disso — gritou, quase caindo.

O Intercessor o segurou.

— Você pode desistir se quiser — disse com compaixão. — Mas o preço da verdade... sempre foi o sacrifício. Estamos muito perto da vitória ou de um irreversível fracasso. Não há meio termo aqui.

— Eu não pedi por isso — sussurrou o Desarmador, quebrado.

— Mas foi por isso que você nasceu — respondeu o Intercessor, com firmeza e lágrimas nos olhos.

Na parede atrás do altar, uma rachadura se formou no vitral. A luz da lua penetrou com uma intensidade que iluminava apenas um canto do templo: o corpo de Miguel, ainda brilhando suavemente.

Era como se o Céu tivesse tocado a Terra — e chorado com ela.

Foi então que alguém chegou.

— Já não há tempo, filho.

A mesma que os observava desde o primeiro dia, a mesma que ele ignorava como se fosse parte de um delírio. Mas naquela noite... ela falou.

O Desarmador se virou. A figura estava ali. Rosto envelhecido sem decadência. Um olhar profundo como o mar da Galileia e uma túnica que parecia feita de vento e poeira de estrelas.

— Quem é você?

— Alguém que viu os olhos do Filho chorar. Alguém que reclinou sobre o peito d'Aquele que é.

Daniel e Ana, ao ouvirem a voz, ajoelharam imediatamente. O Desarmador caiu em pranto.

— É impossível... — murmurou. — Ele...

— ... nunca morreu — completou o estranho. — Porque foi dito: "Se eu quero que ele permaneça até que Eu venha, que te importa?" (João 21:22)

Era ele. João. O último dos apóstolos. O discípulo amado.

João tocou o ombro do Desarmador com mãos marcadas pelo tempo, mas cheias de vida.

— O que está acontecendo agora é maior do que vocês pensam. Maetrea não é apenas um espírito. Ele é um arauto. Um precursor invertido. Ele está finalizando o ritual que trará o Mentiroso, o Anticristo, ao trono das nações.

O véu se rasga novamente.

A noite ainda chorava as mortes de Miguel, Melquizedeque, Leandra, Lídia e Geraldo.

O templo ferido repousava em sombras, e os Despertos, encolhidos entre bancos e paredes cobertas por símbolos antigos, não sabiam mais o que esperar. Ana sussurrava orações baixas. O Desarmador, sentado com as mãos ainda manchadas de sangue, apertava o flanco onde Miguel o salvara. O Intercessor, imóvel diante do altar rachado, contemplava as estrelas como se aguardasse um som.

E ele veio.

Não por portas. Nem janelas. Apenas... estava lá.

A figura encapuzada que por duas vezes surgira e sumira na névoa agora caminhava entre eles sem esconder o rosto.

Os olhos eram de um homem que viu o Cristo subir entre as nuvens.

As mãos... de quem havia escrito com o próprio Espírito.

— João? — o Intercessor foi o primeiro a reconhecer.

— O mesmo — respondeu ele, com voz que parecia ressoar entre as paredes e o peito de cada um.

Ana caiu de joelhos.

— Você é o... apóstolo?

— Fui chamado assim. Mas os títulos já não importam. Estou aqui porque chegou a hora de romper o silêncio.

O Desarmador se ergueu com dificuldade, apoiando-se num bastão de luz pura que formou com a mão.

— Você está vivo... há dois milênios?

João sorriu. Um sorriso sereno, como se a eternidade não pesasse mais.

— Não vivo como vocês vivem. Nem morto como o mundo pensa. Fui selado por ordem direta Daquele que ressuscitou. A palavra foi: "Se eu quero que ele permaneça até que Eu venha, que te importa?" Pois Ele quis.

— Por que agora? — Ana perguntou, olhos brilhando de lágrimas.

João se aproximou e passou a mão pelos cabelos dela, como quem reconhece uma filha da fé.

— Porque agora o mundo está sob trevas espessas. Maetrea, a máscara do Antigo Inimigo, ergueu seu trono e o adornou com ciência, poder e palavras doces. Ele é o lobo de Apocalipse 13, disfarçado de cordeiro. Enganou nações. Fez-se adorado. O Conselho Mundial é sua corte. O templo da Terra foi tomado, mas o santuário de Deus ainda pulsa nos corações dos que creem.

O Intercessor baixou a cabeça.

— Daniel está preso. Guilherme está sendo moldado como mártir. Vamos perdê-los?

João olhou para o céu, como se ouvisse algo de muito longe, e respondeu devagar:

— Daniel carrega o espírito de um profeta. Seu tempo no cárcere é necessário, assim como foi com José, Jeremias, e o próprio João Batista. No silêncio das celas, Deus revela os próximos passos. Ele será voz no deserto do sistema.

— E Guilherme? — Ana perguntou com o coração na garganta. — Ele é só um jovem… Ele ainda teme, ainda duvida!

— Justamente por isso — disse João. — O Pai escolhe os fracos para confundir os fortes. Guilherme é testemunha. E testemunhas são tochas: queimam para iluminar. Ele está sendo lapidado não para sobreviver... mas para incendiar consciências. Antes de ser resgatado, precisa acender a fagulha.

O Desarmador interrompeu:

— E se ele morrer?

João fitou-o com olhos como brasas.

— Alguns precisam morrer para que outros acordem. Mas não temas. Deus ainda é o autor da última página. Nem mesmo a morte pode escapar do Seu roteiro.

— Há mais Despertos? — perguntou Ana. — Em outras partes do mundo?

— Há — respondeu João. — E estão se movendo. Sob diferentes nomes. Em florestas, desertos, universidades, favelas, prisões. Onde houver um que resista, ali o Cordeiro pisa o chão.

O Intercessor se levantou.

— E nós? O que devemos fazer?

João passou os olhos sobre cada um. A presença dele trazia paz e tremor, como quem carrega memórias do trono de Deus.

— Agora... vocês devem observar. Orar. E agir apenas quando o céu ordenar. Daniel e Guilherme ainda têm jornadas a cumprir. Quando o tempo for chegado, o resgate virá — não por força, mas por sinais. A luz vai interferir. A Palavra será confirmada com poder. Mas vocês precisarão permanecer puros... mesmo quando tudo parecer perdido.

Ele fez uma pausa longa.

— A marca virá.

— A marca? — Ana sussurrou.

— Não será tatuada na pele... mas impressa na mente. Será desejo travestido de liberdade. Será escolha feita por medo. E muitos cederão. Mas vocês precisam se lembrar do nome que está escrito em suas testas. Aquele que ninguém conhece, senão o próprio Cordeiro.

Um silêncio reverente caiu sobre o templo.

João então tocou o ombro do Desarmador.

— Ainda haverá outro sacrifício. Preparem-se.

— Mas haverá vitória? — sussurrou o Intercessor.

João olhou o vitral rachado, por onde a luz da lua entrava, e disse:

— A vitória já foi conquistada. Nós apenas estamos vivendo o eco dela. A besta sobe, sim. Mas será lançada. O falso profeta fala, sim. Mas será silenciado. E aquele que perseverar... verá o Cordeiro em pé no monte.

Ele começou a se afastar, mas antes virou-se novamente.

— Há um último segredo, Desarmador. Quando chegar o dia do chamado final, não será você quem abrirá a porta... mas Guilherme.

E então desapareceu, como névoa sendo sugada para dentro da própria luz.

O templo ficou em silêncio.

Mas no coração dos Despertos, uma nova chama começou a arder.

A cela era úmida, gélida, sem janelas. Só a luz vermelha da câmera no canto piscava, como o olho de um monstro adormecido.

Daniel sentou-se no banco de concreto, algemado. Seu corpo doía — não por agressão, mas pela pressão espiritual. Ele sentia.

Algo estava diferente ali. Pesado. Como se a morte tivesse entrado no recinto antes mesmo do interrogador chegar.

A porta blindada se abriu com um estrondo seco.

Entrou um homem alto, com olhos cor de aço e expressão neutra demais. A farda da Polícia Federal trazia insígnias comuns, mas Daniel soube no instante em que o viu: aquele homem não estava só. Montado sobre os ombros daquela autoridade havia um demônio de alta casta, um dos que flertavam com a morte. Daniel soube naquele momento que aquilo não seria um interrogatório de rotina. Ele já havia enfrentado um espírito como aquele algum tempo atrás, salvara uma moça instantes antes de tentar suicídio. Estavam tramando para forjar sua morte e parecer que fosse um auto cancelamento.

Mas o Criador não lhe havia concedido apenas ferramentas diagnósticas, ele sabia que tinha de estar ali e tinha ferramentas de defesa contra o ataque que era iminente. O que ele ainda não sabia era o propósito de estar naquele lugar, mas sabia que na hora certa o Eterno iria revelar a ele. Por ora, era guardar-se daquela investida diabólica. Às vezes, a melhor defesa é o ataque.

— Daniel Guerra — disse ele, sentando-se à mesa de aço. — Você está sendo acusado de sequestro, incitação religiosa e atentado contra a Nova Ordem Mundial.

Silêncio.

— E de liderar uma seita subversiva que promove fanatismo apocalíptico. Responda: o que você fez com o Guilherme?

Daniel ergueu os olhos, calmo.

— "O Senhor é o meu pastor, nada me faltará" (Salmo 23:1).

O policial franziu o cenho.

— Isto não é uma igreja. Você está num centro de contenção federal. Suas palavras não terão peso aqui.

Daniel sorriu levemente.

— "O céu e a terra passarão, mas as minhas palavras não hão de passar" (Mateus 24:35).

O policial se levantou de súbito e começou a andar pela sala como um predador em jaula. A atmosfera mudou. A luz pareceu piscar. Os olhos do agente escureceram por um instante. O demônio que estava agindo como um titereio, manipulando-o como um fantoche começou a ver suas cordinhas arrebentarem, estava perdendo o controle da situação.

— Você acha que a Palavra pode salvá-lo? Acha que alguém virá?

— "Ainda que eu ande pelo vale da sombra da morte, não temerei mal algum, porque Tu estás comigo" (Salmo 23:4).

O homem rangeu os dentes. Uma aura sombria começou a escorrer por trás de sua pele como uma névoa viva. Daniel viu claramente: o Espírito de Morte. Seus olhos agora não viam um policial — mas uma criatura faminta.

— Seu tempo acabou, Daniel. Você será um exemplo. Um cadáver público.

Daniel fechou os olhos e murmurou:

— "Aquele que habita no esconderijo do Altíssimo, à sombra do Onipotente descansará" (Salmo 91:1).

De repente, o agente parou. Suas mãos tremiam. Começou a engasgar. Suas pupilas dilataram como se algo dentro dele lutasse para sair. Ele havia retirado sua gravata e ia com ela em direção a Daniel. A ideia era enforcá-lo e colocá-lo pendurado no lustre central da sala.

— O que... você está... fazendo comigo? — ele balbuciou, levando as mãos à cabeça.

Daniel se levantou, ainda algemado.

— "Conhecereis a verdade, e a verdade vos libertará" (João 8:32).

O agente caiu de joelhos. Um grito sobrenatural ecoou na sala, fazendo as lâmpadas estourarem uma a uma. A energia falhou. A câmera parou. E o grito cessou. O espírito maligno estava ensandecido e começava se transformar em uma névoa soturna.

A fumaça espiritual se dissipou como névoa ao sol.

O homem olhou para Daniel com lágrimas nos olhos.

— Eu... onde estou? Quem sou eu? O que era aquilo?

Daniel ajoelhou-se à sua frente e orou, suave:

— "Se o Filho vos libertar, verdadeiramente sereis livres" (João 8:36).

O agente começou a chorar. Em poucos minutos, dormia no chão, como um menino cansado.

Então, um som metálico ecoou. As algemas se abriram sozinhas.

Daniel se levantou. As grades da cela deslizaram suavemente, sem qualquer comando eletrônico. Não havia alarme. Nem guardas. Nenhum som. As câmeras de segurança pararam de funcionar.

Ele andou pelos corredores como um invisível. Passou por três níveis de segurança. Câmeras o ignoravam. Portas que só abririam com múltiplas autorizações simplesmente se escancaravam diante dele.

Como no caso de Pedro. Como com o Irmão Yun.

Finalmente, ao passar pelo setor de arquivos, sentiu que precisava entrar. O Espírito o conduziu até uma sala escura com estantes de aço. Vasculhou fichas, documentos, pastas lacradas. Parecia o setor federal de arquivos mortos. O Espírito operou através dos olhos do Eclesiástico, fazendo-o ver brilhar pastas e caixas em lugares aleatórios daquele lugar com cheiro de mofo. Em cima de tudo, como que gravado no ar, ele via um frase dourada flutuar sobre todos eles.

"AURÉLIUS, MARCO — PRIORIDADE GLOBAL 001".

Abriu um a um...

Dentro, uma sequência de identidades: Marcus Aurélius Treade (2010, Nova Ordem Mundial, análise e bons antecedentes), Mark A. Treedus (1842, guarda nacional), Marco Treant (1890, Polícia Militar do RJ), Marcus Aurélius Trydan (1930 departamento federal de segurança pública), Marel Taar (1950, polícia federal), Maat Reah (1981, polícia federal).

Todas assinadas por um mesmo padrão de letra. Todos envolvendo crimes de estelionato, morte, rituais de sacrifício humano, desvio de dinheiro, evasão de divisas, pessoas diferentes, rostos diferentes, todos sem solução e arquivados por terem sido prescritos ou abonados. Em todos os casos os suspeitos desapareceram misteriosamente. Nomes parecidos, de épocas diferentes. Os documentos começavam em...

Daniel sentiu o ar sumir dos pulmões.

Juntando as sílabas principais de todos os nomes havia um padrão fonético:

MARco
AUrélius
TREade

MAR-AU-TREA
MARAUTREA.

Ele sussurrou:

— Maetrea... o mesmo espírito, de Era em Era. Para uns, a definitiva encarnação de Buda, mas sabemos na verdade de quem se trata. Esse tempo todo esse espírito milenar caminhou pelo Brasil, talvez até antes da chegada de Cabral. Mas à medida em que os registros policiais foram surgindo ele foi deixando sua digital e sempre que era pego se afastava, se escondia, para dali um pouco voltar com outra identidade, outra face e dar continuidade aos seus planos malignos.

Agora tudo fazia sentido. A besta não era nova. Era antiga. Apenas trocava de máscara. A "figura moderna" do líder global era a mesma entidade que operava desde Babel.

O tempo parou por um instante, e uma voz interior falou:

"Agora você sabe quem é o inimigo. Mas não tema, Daniel. A verdade já começou a vazar.

Ele deixou aqueles distintos documentos abertos sobre a mesa. Não teve medo.

Caminhou pelos corredores finais da delegacia. Dois guardas estavam à frente da porta principal, imóveis. Nenhum viu.

Daniel passou entre eles, como vento.

E quando a porta de vidro se abriu — sozinha — ele pisou a rua fria, onde a madrugada ainda não sabia do milagre que acabara de acontecer.

Lá fora, um mendigo o olhou e sorriu.

— A luz está acesa, irmão. Vai na fé.

Daniel respondeu com um olhar firme. Sabia que os olhos do mendigo eram olhos do céu.

E então desapareceu pelas ruas, como uma sombra que volta para a luz.

A guerra havia virado.

REVELAÇÃO FINAL

DIA 5

"SE EU QUERO QUE ELE PERMANEÇA ATÉ QUE EU VENHA, QUE TE IMPORTA?" (JOÃO 21:22)

JOÃO NUNCA MORREU. TORNOU-SE A TESTEMUNHA DOS SÉCULOS. UM VIGIA. E HOJE ELE FALOU. A GUERRA ESPIRITUAL NÃO É UMA METÁFORA. ELA QUEIMA. ELA ARRANCA. ELA POSSUI.

MAETREA ESTÁ PERTO DE CONCLUIR SEU RITUAL. A TERRA ESTREMECE. O CÉU SANGRA.

E GUILHERME ENTENDEU: LUTAR É UMA QUESTÃO DE SOBREVIVÊNCIA, E TAMBÉM DE HERANÇA.

DANIEL TEVE SEUS OLHOS PLENAMENTE ABERTOS, O ECLESIÁSTICO ESTAVA PRONTO PARA CUMPRIR O SEU PAPEL NO TABULEIRO DO ARMAGEDON.

CINCO DIAS SE PASSARAM. FALTAM QUATRO.

ECOS DA ETERNIDADE

A cela onde Guilherme foi colocado parecia mais uma sala de observação do que um cárcere comum. Nenhuma barra de ferro. Apenas vidro temperado, espelhos falsos e sensores ocultos nas paredes de concreto cru. A luz era fria, constante, sem sombra nem tempo. Ali, o tempo parecia ter sido esquecido.

Horas se passaram. Já era um novo dia. Ele não sabia mais quanto tempo havia passado. Até que, enfim, a porta se abriu com um sussurro pneumático. Entrou um homem de terno impecável, barba bem aparada, olhos cinzentos como o céu antes da tempestade. Um vulto do passado. Um nome antigo:

— Guilherme... — disse a figura, com a mesma voz firme que usava nos corredores da universidade. — Ainda se lembra de mim?

Guilherme estremeceu. Aquela voz.

— Dr. Marcus Aurélius...? — murmurou, levantando-se devagar. — O senhor...?

O homem sorriu, mas era um sorriso vazio. Um eco do que já foi.

— O mesmo... e não. Eu fui chamado de muitos nomes. Já fui chamado de Shem'harush entre os persas. De Anubas entre os egípcios. De Sa'uru nas tribos da antiga Oceania. De Bartholomäus nas cortes medievais germânicas. E de Marcus Aurélius, aqui, entre vocês.

Ele deu mais um passo. A atmosfera parecia encolher.

— Hoje, sou chamado de Maetrea. Um nome que soa espiritual o suficiente para esta era. Ele caminha bem entre o panteísmo leve e os espiritualismos de Instagram. As pessoas aceitam o que já acham belo... e não percebem o veneno.

Guilherme balançou a cabeça, como tentando sair de um pesadelo. As palavras mal se formavam.

— Você... é uma entidade?

— Sou o que existia antes da sua fé dar nome às coisas. Estive no Éden como vento. Em Babel como pedra. No deserto como serpente. Sou o que os homens veneram quando se acham livres. E o que temem quando perdem o controle.

Ele caminhou até ficar diante de Guilherme. O olhar era como vidro trincando por dentro.

— E você, Guilherme... é o vaso que preparei por décadas. Te conduzi, sutilmente, ao longo de sua vida. Você não percebeu?

Silêncio.

Guilherme recuou instintivamente.

— Não... não pode ser...

— Pode — respondeu Maetrea. — E é. Eu fui seu mestre, seu guia, sua referência. Eu o moldei, Guilherme. A semente da dúvida e do brilho, eu a plantei em você. Desde o primeiro dia de aula.

Ele se aproximou, com mãos suaves e olhos que pareciam conhecer todos os pensamentos de Guilherme.

— Você sempre teve algo especial. Uma alma com rachaduras... por onde o eterno escapa. Eu vi isso. Você sente, não sente? Essa fome... essa inquietação... esse desejo de sentido.

Guilherme hesitou. Parte dele queria fugir. Outra, ouvir mais.

Maetrea estendeu a mão.

— Você não precisa mais se esconder entre os fracos, entre os fanáticos. Os “Despertos”? Uma fantasia. Daniel? Um idealista tolo. Ana? Uma marionete do medo. O Desarmador? Um transtornado. Você... você é mais. Você nasceu para governar, Guilherme. Ao meu lado.

Silêncio. Um tremor percorreu a espinha de Guilherme. Aquelas palavras... eram tentadoras.

— Por que eu?

— Porque você já me pertenceu — disse Maetrea com ternura perversa. — Antes mesmo de pronunciar o nome d'Aquele que chamam de Cordeiro, sua alma já tinha minha assinatura. Mas Ele te roubou. Te arrebatou. Agora eu vim buscar o que é meu por direito.

Guilherme fechou os olhos. Memórias de infância. O olhar gentil do professor. As conversas sobre filosofia, poder, liberdade. O mentor que o inspirou... agora revelado como um impostor.

— Você... sempre esteve comigo...?

— Sim. E ainda estou. E posso te dar tudo. Influência. Reconhecimento. Imortalidade. Um trono entre os homens. Apenas... negue-os. Negue a fé ridícula que te faz ajoelhar. Negue Daniel, Ana, os "Despertos". Diga que foi manipulado. Que era tudo mentira. E você será elevado. Adorado.

Maetrea estalou os dedos.

A parede se abriu como uma cortina de fumaça, revelando hologramas do futuro: Guilherme em tribunas mundiais, multidões ovacionando seu nome, multidões se curvando. Estádios lotados, sua imagem projetada em edifícios. Crianças com seu nome. Igrejas... com sua imagem no altar.

— Só diga "sim", e tudo isso será seu. — A voz de Maetrea parecia mel, mas queimava como enxofre.

O coração de Guilherme batia forte. Ele via... via a glória. Mas também via... as correntes invisíveis que prendiam aquele trono dourado. A glória era feita de cinzas.

Então, ele se lembrou.

Naquela noite. Da mulher possessa. Das palavras sussurradas por ela:

"Ele será meu. E ninguém o arrebatará da minha mão."

Os olhos de Guilherme se encheram de lágrimas.

— Eu... confiei em você, professor. Você foi como um pai para mim. E agora vejo... era tudo mentira.

— Não. Foi preparação.

— Você me moldou para o trono, mas o trono que eu busco não é feito de ouro, nem adoração humana. É uma cruz. É renúncia. É serviço. Eu... sou do Cordeiro. E nada do que você disser vai mudar isso.

Por um instante, o semblante de Maetrea se contraiu. Depois, como uma onda de trevas sendo derramada, ele mudou.

Seu rosto se distorceu. A carne parecia queimar por dentro. Os olhos tornaram-se dois abismos sem fundo. Um cheiro de enxofre tomou a sala. A figura que antes era humana agora era algo além do humano — um senhor de legiões.

Ele se aproximou e sussurrou com voz arrastada:

— Então você escolheu morrer... como os outros.

— Não. Eu escolhi viver. E viver com Ele vale qualquer morte.

Maetrea ergueu a mão.

— Leve-o.

Guardas encapuzados entraram. Guilherme foi arrastado, mas não resistiu. Não havia medo. Apenas paz.

— Preparem o sacrifício para o último dia — disse Maetrea. — E culpem os Despertos. O mundo exigirá justiça... e eu lhes darei o sangue que pedem. Quando o altar estiver pronto, o portal será aberto. O Escolhido virá. E todo joelho me adorará.

Guilherme foi levado enquanto entoava em silêncio o Salmo 23.

"Ainda que eu ande pelo vale da sombra da morte, não temerei mal algum, porque Tu estás comigo..."

Na Igreja, no subsolo oculto sob o altar, Ana despertou com um sobressalto. O Espírito a puxou do sono com um sopro violento.

Um sussurro ardia em seu peito, com o peso da eternidade:

— A hora de agir chegou.

Subitamente, a terra gemeu.

O templo onde os fiéis ainda se abrigavam — a histórica Igreja Batista, agora transformada em bastião de resistência espiritual — estremeceu dos alicerces às torres. Mas não era um terremoto. Não havia rachaduras. O tremor vinha de outra realidade.

No instante seguinte, uma luz rasgou o teto.

Mas não era uma luz comum.

Ela pulsava como um coração. Vibrava como se respirasse. Era viva. Consciente. Feita de glória e de guerra.

Um clarão inundou o santuário e, com ele, multidões de seres começaram a atravessar a realidade. Anjos armados como guerreiros de eras esquecidas, com espadas flamejantes e asas que pareciam feitas de tempestades. Cada um descia como uma centelha da vontade eterna, mirando com precisão os pontos de corrupção que se espalhavam pela cidade.

Na escuridão, demônios despertavam.

Criaturas aladas, de pele cinzenta, fendida como carvão rachado. Tinham bocas onde não deveriam existir — nos ombros, no abdômen, nos joelhos. Sibilavam blasfêmias em línguas proibidas. Tinham escamas negras e olhos que sangravam sombra.

A batalha explodiu sobre as ruas de Belo Horizonte.

Para os cidadãos comuns, os sinais eram sutis: rajadas de vento sem origem, quedas bruscas de energia, tempestades elétricas mesmo sem nuvens. Noticiários falavam em anomalias eletromagnéticas, picos solares, ataques cibernéticos atmosféricos. Um blecaute espiritual revestido de linguagem científica.

Mas os Despertos sabiam.

Eles viam o céu se abrir como pergaminho e a guerra jorrar como rios de luz e trevas. O barulho não era trovão: eram espadas colidindo com garras. Os clarões não eram relâmpagos: eram escudos celestes fendendo monstros que atravessavam a realidade.

As ruas tornaram-se linhas de frente de uma guerra invisível. Sobre os telhados, nos corredores dos prédios, nas avenidas em silêncio, anjos e demônios lutavam pelo destino da Terra.

E no subterrâneo do centro da cidade, Maetrea fazia sua obra.

Um antigo templo esquecido por olhos naturais, mas vivo na memória das trevas, ardia com símbolos desenhados em sangue e fogo. No centro da sala circular, o Antigo Mentiroso, agora em sua plena forma, erguia os braços tatuados de runas vivas e olhos ardendo em labaredas negras.

Maetrea já não precisava fingir ser o Dr. Marcus Aurélius.

Vestia um manto que parecia feito de fumaça e relâmpago congelado. Sua voz era como um coral invertido — como se a eternidade estivesse soluçando.

Ao redor dele, sete figuras em pé. Cada uma com os olhos vendados por faixas negras, cada uma tremendo em silêncio. Representavam os sete sistemas globais: mídia, finanças, política, religião, arte, ciência e tecnologia. Haviam se rendido — e agora eram peças.

Maetrea falava em línguas que o Éden esqueceu, palavras que nem os demônios ousavam repetir sem queimar a própria essência.

E os ecos de sua voz rasgavam dimensões:

— *Thalu'nar Esherath… Qav'drael in mer'thosh... Elyon shachad galgallim...*

Cada palavra era um soco no tecido espiritual da cidade. Cada sílaba, uma costura desfeita no véu entre os mundos.

No chão do templo, círculos entrelaçados brilhavam com uma luz púrpura impura — o selo da inversão. No centro, um vórtice ganhava forma, feito de sombras condensadas e murmúrios. Um portal ainda incompleto... mas faminto.

E então, Maetrea parou.

Ergueu as mãos.

Olhou para o alto com olhos que pareciam conter eras de engano e orgulho. E anunciou, numa voz que perfurou até os céus:

— Aquele que há de vir... já pisa o chão.

— Mas antes...

— O Último Intercessor deve cair.

O chão tremeu.

Do lado de fora, sob os céus da cidade, os anjos sentiram um baque. Como se um coração divino sofresse uma pontada. Como se o futuro, por um instante, tivesse hesitado.

O nome Guilherme ecoou entre os exércitos celestiais. Ele era o último. O que restava. O que ainda poderia virar o bisturi nas entranhas do plano do Inimigo.

E nas sombras, Maetrea sorriu.

Não como um homem.

Mas como um abismo.

O silêncio da cela era cortante. Guilherme se encolhia num dos cantos, o corpo moído pela tortura emocional, a mente presa em redemoinhos de dúvida. O ar parecia estagnado, denso — como se não houvesse mais oxigênio para esperança.

Dava para ouvir toda a guerra espiritual que se desenrolava fora daquele lugar. Não como um som natural, mas um burburinho insistente e enlouquecedor na dimensão espiritual. Ele queria fazer algo a respeito, mas se sentia desolado e impotente diante da magnitude e tudo o que estava ocorrendo ao redor dele.

Foi quando uma brisa soprou.

Mas não havia janelas. Nem frestas. Nem vento.

E mesmo assim, ela veio — suave, como um lamento antigo, e ao mesmo tempo intensa como a lembrança do primeiro amor.

Os olhos de Guilherme se abriram. A luz do ambiente parecia ter mudado. As sombras dançavam de forma sutil nas paredes. E então ele viu.

Uma figura estava ali, bem no centro da cela.

Ele não ouvira a porta se abrir. Nem o som de passos. Mas o homem estava lá. Alto. Robusto. Vestes simples, brancas, levemente manchadas como se tivessem sido tingidas com vinho e cinza. Seus olhos eram de um castanho profundo, mas havia neles o brilho de quem havia visto o outro lado da eternidade — e voltado.

— Quem é você? — Guilherme perguntou, instintivamente se afastando.

O homem sorriu. Não disse nada. Apenas se aproximou, olhando ao redor, como se examinasse a atmosfera da cela. Com um toque suave, encostou a mão em uma das paredes. A vibração do lugar mudou. Algo ali, naquele gesto simples, parecia desatar nós invisíveis no ar.

— Você não é um homem comum... — murmurou Guilherme, com a voz embargada.

A figura se virou lentamente. Seus olhos pousaram sobre Guilherme com a ternura de um pai, e a firmeza de um guerreiro.

— Nem você.

A voz era grave, melódica, com uma entonação que parecia conter ecos das ondas, dos céus, do trovão — como se cada palavra carregasse camadas de realidades.

— Quem... quem é você? — Guilherme perguntou de novo, quase num sussurro.

O homem se aproximou mais um passo. Seus olhos estavam úmidos.

— Você não me reconhece, Guilherme? Eu o vi em sonhos. Vi seus passos sobre a areia, mesmo quando você não sabia quem era. Ouvi suas orações quando ainda eram só pensamentos. E fui enviado por Aquele que venceu o tempo.

Foi então que Guilherme sentiu como se escamas invisíveis caíssem de seus olhos.

Ele viu. Não com os olhos naturais. Mas viu.

A ilha. O fogo. A caverna. A pena nas mãos envelhecidas. Os olhos contemplando o trono. O Cordeiro. O céu se abrindo.

— João... — Guilherme balbuciou, a voz quebrada. — Você é... o João?

O apóstolo sorriu, com os olhos marejados.

— O mesmo que andou com Ele. Que reclinou sobre o Seu peito. Que viu o Alfa e o Ômega. Que escreveu para as igrejas. E que aguardou por este tempo. O tempo de vocês.

Guilherme caiu de joelhos. Não sabia se chorava, se orava ou se gritava. O Espírito queimava em seu peito.

— Eu não sei se aguento... Eu pensei que sim. Mas é tudo demais. Eu sou só um rapaz...

João se ajoelhou ao seu lado. Colocou a mão sobre o peito de Guilherme.

— Você é bisturi. — disse com firmeza. — Não está aqui para suportar. Está aqui para cortar. Para expor o câncer escondido nas estruturas. Para abrir a carne do engano e deixar a luz entrar.

— Mas como...? Maetrea... ele é tão poderoso. Ele foi meu mentor. Eu...

— E Judas foi um amigo. E Roma parecia invencível. Mas o Cordeiro venceu, Guilherme. E Ele escolheu você para desfazer de dentro para fora o plano que quer trazer o Anticristo à Terra.

Guilherme respirava fundo, como se engolisse oceanos.

João olhou em seus olhos com a seriedade dos céus.

— Você será entregue, mas não será vencido. Maetrea está jogando xadrez... mas o Cordeiro escreve a realidade. Agora ouça com atenção. O que você precisa fazer é...

Nesse instante, um tremor quase imperceptível percorreu as paredes.

No corredor, um dos guardas espirituais se virou, inquieto. Outro — uma criatura com olhos costurados e dentes demais — farejou o ar.

— Sentiu isso?

— Um distúrbio. Mas mínimo. Nada cruzou as defesas.

— O prisioneiro está sozinho. Não houve invasão.

— Que permaneça assim.

De volta à cela, Guilherme sentia lágrimas escorrerem. Já tinha ouvido tudo o que precisava para entender o seu papel nesse grande tear da vida.

— ... eu entendi — sussurrou ele.

João se ergueu.

— Então vá. Sofra se for preciso. Mas não tema. Você foi selado.

— Você vai comigo?

— Não posso. Meu tempo neste plano é curto. Mas estarei com você, como nuvem de testemunhas. E quando o tempo apertar... lembre-se de que o Cordeiro já venceu. Você só está cortando o que já foi derrotado. Mas no final ainda nos reencontramos e celebramos a vitória em nome de Jesus!

E então, com a mesma suavidade com que surgiu, João se desfez em luz. Não brilhou. Não explodiu. Apenas... desapareceu como quem volta para dentro da eternidade.

Guilherme respirou fundo.

Firme.

O espírito dele agora estava em chamas.

E a cela... era só o palco do bisturi.

Naquela madrugada, Guilherme mudou.

— A estratégia agora é avançar. A melhor defesa... é a glória.

REVELAÇÃO FINAL

DIA 4

"PORTANTO, VEDE PRUDENTEMENTE COMO ANDAIS, NÃO COMO NÉSCIOS, MAS COMO SÁBIOS, REMINDO O TEMPO; PORQUANTO OS DIAS SÃO MAUS." (EFÉSIOS 5:15-16)

O TEMPO ESTÁ SE ESGOTANDO. NÃO APENAS O TEMPO CRONOLÓGICO, MAS O TEMPO ESPIRITUAL. O KAIRÓS. A JANELA DIVINA ESTÁ SE FECHANDO.

O DIGITAL É O NOVO TEMPLO DOS ÍDOLOS. LIKES SÃO INCENSOS. COMENTÁRIOS SÃO ORAÇÕES VAZIAS. O ALTAR AGORA BRILHA EM LED.

GUILHERME DESCOBRIU QUEM É. MAS ISSO O TORNA AINDA MAIS CAÇADO.

SEIS DIAS SE PASSARAM.

FALTAM TRÊS.

A ÚLTIMA TROMBETA

A cidade estava estranhamente quieta. Não era paz. Era o silêncio do campo antes da explosão. Guilherme olhava pela janela de sua cela — um antigo galpão nos limites da cidade — e via o horizonte coberto por nuvens densas. Relâmpagos estalavam no céu sem trovão. Daniel chegou com expressão grave.

Estamos em contagem regressiva. Maetrea já possui os sete selos dos sistemas mundiais. Falta apenas o oitavo... o sacrifício.

Naquela noite, Guilherme orou. Sozinho. Sem visões, sem vozes, sem glória. Apenas o peso do mundo sobre suas costas.

Salvar-se significaria deixar Maetrea realizar o ritual — e talvez sobreviver, ao menos por mais um tempo. Impedir o ritual poderia significar sua morte. Ele lembrou-se das palavras de João: "Você não é o alvo. Você é a muralha".

Na escuridão, o Espírito falou baixinho: "A quem muito foi revelado, muito será requerido."

No mesmo instante, o esconderijo foi atacado. Demônios-humanos, figuras transfiguradas por pactos sombrios, invadiram com violência. Guilherme hesitou por um segundo... e esse segundo foi suficiente. Maetrea apareceu.

Não como antes — não como sombra — mas em carne viva, vestindo um terno branco, olhos como brasas e uma voz que fazia o concreto tremer.

— Venha. O mundo está pronto para a oferta final.

Guilherme tentou correr. Mas seus pés não obedeceram. Foi levado. O local era uma antiga pedreira, transformada em altar. As rochas brancas do calcário formavam uma cúpula natural. Um símbolo arcano brilhou no chão, pulsando com energia maligna. Os sete representantes dos sistemas mundiais estavam em transe, posicionados em cada vértice do símbolo.

No centro, *um trono vazio*.

Maetrea apontou para ele:

— A chegada do Portador de Mentiras depende do seu sangue. Mas veja: ainda há tempo. Recue. Negue tudo. Volte para a ignorância, e será livre.

Guilherme, ajoelhado, sangrando de um corte no ombro, respondeu com voz firme:

— Eu já fui livre... agora sou comprado.

Maetrea sorriu com desdém.

— Então morra por isso.

Bem longe dali, um outro esconderijo parecia respirar luto. O galpão abandonado, que já fora um lugar de encontros e estratégias, agora parecia um mausoléu. A chuva fina tamborilava no telhado de zinco como um relógio prestes a chegar ao fim do tempo.

O Desarmador permanecia calado, parado diante de um painel onde linhas de energia espiritual tremulavam como velas prestes a se apagar. Dos dez Despertos que haviam se levantado com eles no início, agora restavam cinco. E nem todos estavam ali.

Ana estava sentada no chão, encostada em uma pilha de caixas velhas. Enrolada em um cobertor, os olhos fundos e vermelhos revelavam noites sem sono. Em suas mãos estava um dos livros raros da coleção de Leandra, ela o segurava enquanto sofria o ataque dos espíritos malignos. Ela passava os dedos sobre as páginas, murmurando uma oração sem palavras. Ela nunca tinha visto aquele livro antes apesar de ser uma profunda conhecedora da coleção da colega.

O Intercessor estava em pé, olhando para o vazio, os braços cruzados como se tentasse impedir o próprio coração de despedaçar. O peso da missão o esmagava — e o silêncio de Deus parecia mais alto do que qualquer resposta.

— Perdemos. — Ana disse, quebrando o silêncio com um fio de voz. — Guilherme, Daniel... metade dos nossos. E não fazemos ideia do que está acontecendo lá fora. Como vamos continuar?

O Desarmador se virou, o olhar sereno mas firme.

— Não perdemos. Ainda estamos aqui. Se estivermos aqui, há propósito. E onde há propósito, há esperança.

— Isso parece bonito numa pregação. — ela respondeu com amargura. — Mas e na prática? O que fazemos? Esperamos mais perdas? Esperamos que Marcus — seja lá quem ele realmente é — abra o portal diante dos nossos olhos?

O Intercessor se aproximou.

— Temos que confiar. Eles sabiam o que estavam fazendo. Daniel... ele se entregou para proteger Guilherme. E Guilherme... sempre foi especial. Ele só não sabia ainda.

— Especial o suficiente para ser levado? — Ana sussurrou, abraçando os joelhos. — Acha que ele está bem?

— Não. — respondeu o Desarmador. — Mas acho que ele ainda está lutando.

Um trovão distante cortou o céu. O mapa espiritual à frente deles oscilou. Uma das linhas brilhou por um segundo, como se algo estivesse tentando atravessar.

O Intercessor franziu o cenho. — Você viu isso?

— Vi. — O Desarmador tocou o mapa. — Algo se moveu... algo vivo.

— Será que é ele? — Ana se levantou de súbito. — Daniel? Ou Guilherme?

O Intercessor ergueu a mão, pedindo silêncio. O ambiente pareceu respirar fundo. A energia espiritual no ar se condensou, como se a realidade estivesse segurando o ar. Será que mais uma vez o inimigo os havia descoberto? Mas a camuflagem que Ana havia levantado era à prova de brechas...

Então, um baque.

Como se uma dobra tivesse sido rasgada no espaço.

Daniel, o último dos Eclesiásticos, apareceu.

Encharcado, arfando, os olhos arregalados — não de medo, mas de urgência. Suas roupas estavam rasgadas, e marcas espirituais, brilhando em dourado opaco, cobriam partes de seus braços. Havia sangue seco em sua têmpora, mas ele permanecia de pé, como um soldado que voltou de uma guerra antiga demais para ser lembrada.

Por um instante, ninguém conseguiu se mover.

— Daniel... — sussurrou Ana, os olhos arregalados. Ela não sabia se ria, chorava ou corria. Acabou fazendo tudo ao mesmo tempo.

— Ele escapou. — murmurou o Intercessor. — Meu Deus... ele escapou. Você sempre nos surpreendendo!

O Desarmador, ao contrário, deu um passo cauteloso. — Fale. Antes que seja tarde.

Daniel respirou fundo. E então, soltou:

— Marcus Aurélius não é só um aliado do inimigo. Ele é Maetrea. O filho caído. O que recebeu imortalidade em troca de servir o Anticristo. E ele já começou o ritual.

Silêncio. O mundo pareceu congelar por um instante.

— Ele quer usar Guilherme. — Daniel continuou. — O sangue dele é o último elo. A linhagem dos antigos. Maetrea precisa dele para abrir o portal. E temos...

Ele olhou para o céu, como quem ouvia um relógio invisível.

— ... dois dias.

O mapa espiritual reagiu. Linhas começaram a se conectar como veias em frenesi. Os últimos fios de esperança estavam ali. Mas só teriam uma chance.

— Se errarmos — disse o Desarmador, finalmente — não haverá amanhã.

— Precisamos entender o que se passa ou seremos meros espectadores do fim de tudo o que existe. Daniel, o que mais Deus te revelou em seu cárcere?

O galpão permanecia em penumbra. Lá fora, o céu encoberto parecia conter a respiração. Cada passo dentro do espaço ecoava como se estivesse dentro de um templo improvisado, onde as palavras a seguir definiriam destinos.

Daniel terminava de relatar como havia escapado, o rosto pálido e suado, como se ainda sentisse o peso das sombras que o rodearam. Mas agora, o ambiente era outro. Ali estavam reunidos ele, o Desarmador, Ana e o Intercessor. O núcleo restante da resistência.

— Depois que fui levado, perdi a noção do tempo. — disse Daniel, com a voz rouca. — Fui deixado em uma cela sem luz, sem som, mas não sem propósito. A presença do Espírito não me abandonou. Em meio às orações, comecei a ouvir nomes, datas... e fui guiado até arquivos escondidos em uma das bases da milícia espiritual de Maetrea. Não eram documentos oficiais — não do governo — mas escritos antigos, alguns até copiados à mão, escondidos atrás de paredes falsas. Entre eles, um fragmento mencionava algo chamado "A Promessa do Clamor".

Foi quando o Desarmador reparou no livro que Ana estava abraçada, algo de familiar lhe chamou a atenção. Ele gentilmente pegou o livro das mãos da amiga.

— Leandra trouxe este livro do escritório de Marcus Aurélius. Foi um dos últimos que conseguimos dela antes da queda. Ela... ela tocou nesses livros com as mãos nuas. Na hora, teve uma visão. Ela me contou em prantos, antes de morrer. — Dizia com os olhos marejados, ainda com fortes lembranças daquela guerreira que a pouco havia tombado.

Ele abriu o livro em uma página marcada com um pano escarlate.

— Aqui. Olhem isso.

Ana se aproximou. A caligrafia era antiga, cheia de símbolos e pequenas marcas que só um leitor treinado entenderia. O Intercessor, que lia hebraico e grego antigo, traduziu em voz alta:

E o último selo será quebrado apenas com o sangue puro do Clamor original.
A linhagem dos guardiões se esconde sob as nações, marcada por intercessão e obediência, pois o clamor dos justos não se perde diante do trono.

"U sealum ša sebû elippu ina damiqū ša qibītu ištešû. Zēr ša nasāru iššû ina mātū, šuḫuš ina palû u ekēmu. Qibītu ša kenu ul palāḫ ana kussî ša šamê."

— Esse é um texto arcano babilônico cuneiforme antiguíssimo, de 2500 a.C. É o texto semítico mais antigo que existe, era usado em documentos importantes de natureza política e religiosa naquela época. Poucos tinham acesso. É muito raro ter algo assim acessível nos dias de hoje.

— Mas o que isso significa afinal? – perguntou ansioso o Desarmador.

— "E o último selo será quebrado apenas com o sangue puro do clamor original. A linhagem dos guardiões se esconde sob as nações, marcada por intercessão e obediência. Pois o clamor dos justos não se perde diante do Trono." — Proclamou Ana.

O Intercessor olhou para os outros.

— Isso… isso remete claramente ao texto de Apocalipse.

Ana concordou, pegando sua Bíblia: "E, havendo aberto o quinto selo, vi debaixo do altar as almas dos que foram mortos por causa da palavra de Deus e por causa do testemunho que sustentavam" — (Apocalipse 6:9).

— E também a Zacarias. — acrescentou Daniel, agora animado, como se as peças estivessem se encaixando: "Assim diz o Senhor dos Exércitos: Com grande zelo estou zelando por Jerusalém e por Sião. Com grande indignação estou muito irado contra as nações seguras; porque eu estava um pouco indignado, mas eles agravaram o mal" — (Zacarias 1:14-15).

O Desarmador completou:

— Leandra disse que viu sete selos representados como trombetas em chamas quando tocou esse livro. Cada selo representava uma afronta espiritual. O sexto estava quebrado... mas o sétimo permanecia. E, segundo ela, só poderia ser rompido com o sangue de alguém da linhagem do clamor original. Guilherme.

Silêncio.

Ana deu um passo para trás.

— Mas… por quê? Por que ele?

Daniel apontou para uma anotação lateral no livro.

— Porque ele não carrega apenas o sangue da linhagem. Ele é o último que ainda clama. Ele não abandonou a fé. O sangue dele carrega não só a linhagem, mas a fidelidade. Isso o torna o sacrifício perfeito.

O Intercessor fechou os olhos.

— Isso explica tudo. Marcus — ou melhor, Maetrea — não quer só matar Guilherme. Ele quer inverter a "Promessa do Clamor". Quer usar um sacrifício santo como combustível para o profano. O que foi separado para Deus, agora será oferecido ao espírito do engano.

— E tudo será feito em oculto. — disse Daniel. — Nada público, nada que pareça ritualístico. Vão sumir com ele, sacrificar em segredo, e depois plantar uma versão manipulada para o mundo inteiro.

Ana estava lívida.

— E quando o povo acreditar que Guilherme era um extremista, um radical, um *red pill incel* programado por uma seita obscurantista, vão justificar a perseguição a todos que forem como ele. Todos que creem. Todos que ainda clamam.

— Exatamente. — respondeu o Desarmador. — A morte dele será uma peça política. A narrativa será forjada: ele foi um terrorista, um traidor, um inimigo da nova era. Isso acirrará o ódio contra os cristãos. E o Anticristo surgirá como o portador da paz, prometendo união, controle e esperança. Um messias político para um mundo caótico.

O Intercessor abriu a Bíblia e leu em voz alta, como quem denuncia um decreto:

— "Porque se levantará falso cristos, e falsos profetas, e farão tão grandes sinais e prodígios que, se possível fora, enganariam até os escolhidos" — (Mateus 24:24).

Todos ficaram em silêncio.

Ana sussurrou:

— Eles querem quebrar o último selo com o sangue de um justo… e, com isso, abrir o portal para a manifestação plena do Anticristo.

O Desarmador fechou o livro devagar, como se estivesse enterrando alguém querido. Leandra mesmo ausente se fazia presente com seus dons naquele lugar.

— Então é agora. Ou resistimos... ou o mundo mergulha em trevas.

O painel espiritual ao fundo brilhou com uma leveza inédita. No centro, uma pequena chama acendeu sozinha. Um sinal de que o clamor, mesmo à beira do fim, ainda encontrava resposta.

— Precisamos encontrá-lo antes do crepúsculo do segundo dia. Depois disso... será tarde demais — disse Daniel, os olhos fixos na velha planta da cidade aberta sobre a mesa de concreto.

— E temos quase nada — completou Ana, suspirando. — Nenhuma pista clara de onde Marcus esconde Guilherme.

— Não exatamente — o Desarmador se inclinou para frente. — Há algo que Leandra disse antes de morrer, quando tocou os livros. — Ele rapidamente retoma o livro que acabara de fechar. — Ela mencionou um nome oculto. Um lugar entre as sombras. "Arauk Nahal, o rio escondido. Onde a terra e o tempo se dobram sob o sangue da linhagem."

O Intercessor franziu a testa.

— Arauk Nahal... já ouvi isso em oração, em visões. Sempre me soou como um ponto de intersecção, um lugar onde as realidades se tocam.

— Pode ser uma metáfora — sugeriu Ana — ou uma localização literal camuflada.

— O livro que Leandra deixou... — Daniel puxou o volume antigo da mão do Desarmador, ele viu na borda da páginas letras douradas com que marcas d'água não foram escritas com tintas naturais, mas eram marcas invisíveis no mundo natural, porém sua visão aberta permitira a ele ver o que nem Leandra, Ana ou o Desarmador poderiam — esse aqui tem anotações recentes de Marcus que só um Eclesiástico conseguiria ver, pois são de natureza espiritual. Ele usava um sistema de geocódigos com sigilos para ocultar coordenadas. Uma proteção criptográfica mística e matemática.

O Desarmador se aproximou, olhos brilhando.

— Isso muda tudo. Deixa eu ver...Vai me falando o que está escrito.

Com mãos ágeis, ele começou a traçar os símbolos em uma folha ao lado, cruzando com mapas antigos da cidade. Depois de alguns minutos em silêncio tenso, ele se levantou de súbito.

— Achei! Há uma interferência de sinal detectável na pedreira próxima à antiga estação ferroviária desativada no bairro Floresta. Um prédio abandonado que pertence a uma empresa laranja ligada a Marcus — disse, e apontou para o mapa. — O lugar perfeito para um ritual oculto. É discreto, não é permitida a entrada de pessoas lá, é aberto e fica no centro geodésico de nosso estado.

Ana se adiantou, sentindo o peso da responsabilidade.

— Então vamos até lá?

— Não diretamente. — Daniel colocou a mão sobre o peito. — O que Marcus está prestes a fazer exige proteção espiritual imediata. Ele já começou a abrir os círculos do sacrifício. Guilherme está sendo preparado. Não fisicamente, mas espiritualmente enfraquecido. Ele deve estar em um estado de entorpecimento — talvez até já no Limite entre os mundos.

O Desarmador assentiu com um brilho sombrio nos olhos.

— Daniel, você vai precisar entrar no plano espiritual agora. Nós te guiaremos do lado de cá com as informações que conseguirmos reunir. Mas lá dentro, só você pode protegê-lo.

— Você não vai me fazer dormir com um soco com daquela outra vez, não é?

— Calma, amigo, existem caminhos mais sutis para alcançar esse propósito, deixa comigo. — Disse o Desarmador, acalmando-o.

— Mas e se Marcus... quer dizer Maetrea... me detectar lá dentro? — Daniel perguntou.

— Você vai usar o seu manto da humildade. — respondeu o Intercessor, retirando um manto espiritual e cobrindo ele. — Ele foi consagrado por gerações. "Mil cairão ao teu lado, e dez mil à tua direita, mas tu não serás atingido" (Salmo 91:7).

— Quando você encontrar Guilherme, mantenha o vínculo com ele. Se ele romper, o espírito de Maetrea pode tomar posse total — alertou Ana. — O plano físico e espiritual precisa estar sincronizado. Você será a ponte.

Daniel fechou os olhos por um instante.

— Então é isso. Eu entro agora, e vocês seguem para o local. Quando chegarem perto me avisem mentalmente. Vou guiar vocês de lá.

Ele se sentou no chão em posição de oração, mãos sobre os joelhos. O Intercessor ungiu sua testa com óleo e murmurou palavras em línguas espirituais. Uma vibração percorreu o ar. Daniel caiu em espírito.

— "Levanta-te, resplandece, porque vem a tua luz, e a glória do Senhor nasce sobre ti" (Isaías 60:1) — sussurrou Ana.

Num instante, os olhos de Daniel se fecharam. Seu corpo permaneceu imóvel, mas seu espírito atravessava os véus do invisível. Ele corria agora por entre sombras e claridades, buscando Guilherme na escuridão crescente, enquanto o restante do grupo se preparava para a missão física, armando dispositivos de rastreamento, artefatos consagrados e mapas táticos.

— Dois dias. — disse o Desarmador em voz baixa. — Dois mundos. Um destino.

REVELAÇÃO FINAL

DIA 3

O FILHO DA PROMESSA FOI CAPTURADO. O ALTAR ESTÁ PRONTO. O MUNDO SEGURA A RESPIRAÇÃO.

OS DESPERTOS DERAM TUDO. JOÃO ENTROU NO COMBATE. MAS SERÁ SUFICIENTE?

GUILHERME TEM UMA ESCOLHA IMPOSSÍVEL: MORRER OU DEIXAR O MUNDO MORRER.

E AGORA... RESTAM DOIS DIAS.

FOGO CRUZADO

Guilherme acordou com sangue no rosto. Não sabia ao certo se era dele.

O mundo ao redor parecia desmoronar. O céu tinha cor de ferrugem. Um silêncio estranho pairava sobre as ruas de Belo Horizonte, quebrado apenas por sirenes distantes e gritos inumanos. A cidade parecia normal a olhos naturais, porém, no mundo espiritual nunca esteve tão caótica. Espíritos de engano caminhavam por entre as cinzas do que já foi o centro da cidade. Tendas do exército queimavam. Crianças sozinhas, com olhos vazios, andavam pelas ruas como espectros. Cada esquina era uma lembrança de que algo profundamente espiritual havia rompido o véu. Guilherme ouviu o próprio nome ser sussurrado por bocas invisíveis. Olhou para o alto e viu em um drone flutuante sua imagem transmitida, ao vivo:

"Último rebelde contra a paz global. Inimigo do novo amanhã".

Era isso. Ele havia sido oficialmente nomeado o vilão da nova ordem.

A voz de João ecoou em sua mente:

"No segundo dia, você não verá salvação… mas verá o preço do mundo".

Ele não conseguia ver muita coisa, o doparam demais com encantamentos malignos, mas ele conseguiu enxergar por entre as pálpebras pesadas um grafite inscrito na pedreira em que se encontrava, atrás do trono vazio preparado para a chegada do que anda ao derredor.

"O Cordeiro será o cordeiro, ou todos serão carne para os corvos."

Redes sociais, plataformas de vídeo, todas haviam sido unificadas em uma única interface chamada "Vox Dei", uma inteligência artificial criada por Maetrea e reverenciada como oráculo. Agora, as pessoas não pensavam — reagiam. Não discerniam — obedeciam.

Pessoas com histórico de fé começaram a desaparecer misteriosamente. Algumas foram vistas sendo levadas por carros sem placas; outras, começaram a enlouquecer publicamente, balbuciando salmos enquanto arrancavam os cabelos e se jogavam em chamas.

Maetrea, em uma transmissão global, vestia-se como líder de uma religião mundial. Ele sorria com o olhar de um carrasco.

"Está consumado. O mundo me pertence. A paz será estabelecida... com sangue."

"E o portador da última resistência, Guilherme Amaral, será apresentado como traidor da esperança."

As pessoas aplaudiam, como zumbis em êxtase. Guilherme sentiu sua garganta apertar. Já não podia contar com as leis humanas. Já não havia justiça na terra.

Mas no céu... algo ainda resistia.

Daniel encontrou Guilherme em uma viela, cercado por dois Arcanjos. Seus rostos estavam feridos, mas seus olhos queimavam como tochas.

"Você não pode mais hesitar. Agora é tudo ou nada."

Daniel então olhou ao redor, estava ainda relativamente longe de Guilherme, mas sabia que estava na direção certa no mundo espiritual, pois havia uma legião de demônios em uma formação circular certamente cercando algo muito importante. Ele foi com os anjos naquela direção.

O campo espiritual tremia como se a criação estivesse em agonia. A legião havia cercado Daniel, grunhindo com línguas extintas, clamando por sangue.

Daniel firmou os pés sobre aquele terreno escuro como cinza de holocausto. As trevas se fecharam, mas o céu se abriu. Ele ergueu os braços ao alto e gritou — EPHATÁ!!! — e a Armadura de Deus desceu como fogo moldado em luz.

A primeira onda de demônios avançou como enxame.

Uma criatura semelhante a uma serpente alada investiu contra seu abdômen, tentando enroscar-se em torno de sua cintura e torcer suas entranhas com mentiras e distorções. Daniel segurou firme o cinto da verdade, que brilhou intensamente. Uma luz cortou a serpente como uma lâmina de julgamento.

— "Conhecereis a verdade, e a verdade vos libertará!" (João 8:32)

A serpente se desfez em poeira etérea, gritante.

Três demônios armados com lanças feitas de acusações espirituais saltaram das sombras. Cada uma carregava nomes e falhas do passado de Daniel, tentando perfurar seu coração com condenação.

— "Você não é digno!"

— "O sangue dele será exigido das suas mãos!"

— "Você já falhou antes!"

Mas ao atingirem seu peito, suas armas ricochetearam na couraça da justiça, que pulsava com a glória de Cristo.

Daniel gritou:

— "Nenhuma condenação há para os que estão em Cristo Jesus!" (Romanos 8:1)

A couraça se expandiu em um impacto de luz que lançou os demônios ao ar como palha no vento.

Um espírito rastejante tentou envolver seus pés com desânimo e pavor. Cada passo de Daniel tornava-se mais pesado, como se a terra sugasse sua convicção.

Mas ele marchou adiante, e sob seus pés, as sandálias do evangelho da paz começaram a brilhar como brasas firmes.

— "O Deus da paz, em breve, esmagará Satanás debaixo dos vossos pés" (Romanos 16:20).

Ao dar um passo firme, o chão se iluminou. O espírito foi esmagado, gritando até desaparecer em um eco.

De cima, um enxame de flechas negras — pensamentos de dúvida, medo e desespero — caía como chuva de fogo.

Daniel ergueu o escudo da fé com ambas as mãos. Ele absorvia os impactos como um campo de força vivo, e a cada dardo repelido, o escudo brilhava ainda mais.

— "Tu, Senhor, és meu escudo, minha glória e o que exalta a minha cabeça" (Salmo 3:3).

Com um grito de guerra, girou o escudo como se fosse um disco flamejante e lançou-o contra a nuvem de setas. Elas explodiram no ar, como fogos de artifício sagrados.

Tentáculos de sombra tentaram penetrar sua mente, sussurrando desesperança, querendo ofuscar sua clareza espiritual. O ar ficou pesado, e Daniel quase caiu de joelhos.

Mas o capacete da salvação reluzia com a lembrança da cruz. Ele pôs a mão sobre a cabeça e gritou:

— "Ainda que eu ande pelo vale da sombra da morte, não temerei mal algum!" (Salmo 23:4)

Uma onda de luz varreu os tentáculos mentais. As vozes silenciaram-se com um último grito seco.

Finalmente, Daniel ergueu a espada do Espírito.

De sua lâmina brotavam versículos como labaredas. Ele avançou, e cada golpe era uma citação viva da Palavra.

Cortou um espírito de morte com um golpe horizontal:

— "O Senhor é homem de guerra: Senhor é o Seu nome!" (Êxodo 15:3)

Girou em meia-lua, fendendo um demônio alado ao meio:

— "Mil cairão ao teu lado, e dez mil à tua direita, mas tu não serás atingido!" (Salmo 91:7)

Pulou sobre uma criatura que rugia como leão corrompido e perfurou seu peito com um golpe final:

— "A nossa luta não é contra carne ou sangue, mas contra principados e potestades!" (Efésios 6:12)

O ar ficou em silêncio por um instante. Os demônios hesitaram. A legião rugiu num coro de fúria... e então, o céu tremeu.

Uma trombeta ecoou. Luzes douradas cortaram o firmamento. Uma legião de anjos guerreiros desceu em formações, como raios vindos do trono.

Um dos arcanjos que o estava ajudando, com voz de trovão, ordenou:

— Daniel! O caminho está aberto. Avance! Nós conteremos a horda!

O chão treme sob os pés de Daniel. As sombras urram em desespero à medida que a Espada do Espírito corta o ar com precisão cirúrgica. Um brilho ardente envolve seu corpo. Cada palavra que sai de sua boca carrega o peso da Eternidade.

Um dos arcanjos que o acompanha — com vestes resplandecentes, pele como bronze em brasa e olhos como relâmpagos — paira ao seu lado, segurando uma lança de luz.

— Homem de Deus, tua fé abriu caminho onde até os céus se detiveram. Sabes que muitos de nós ansiamos participar da proclamação do Evangelho... mas essa honra, esse mistério, foi entregue aos filhos dos homens.

— Anseiam? Vocês, os poderosos do Altíssimo?

— Sim. Assim está escrito: "Coisas que agora vos foram anunciadas por aqueles que vos pregaram o evangelho pelo Espírito Santo enviado do céu; coisas que os anjos desejam contemplar" (1 Pedro 1:12).

— Eles desejam... contemplar.

— Nós vigiamos. Guardamos. Lutamos. Mas é através de vocês que a verdade brilha. Por isso estamos aqui: para proteger o caminho, enquanto tu anuncias a verdade e cumpres teu chamado.

— Então que o céu me sustente, e a Palavra me carregue. A missão continua.

— Avance, Daniel! Nós seguraremos a horda! Vá... e liberte o escolhido!

De repente, sete outros anjos rompem os céus, aterrissando com impacto. Cada um segura escudos flamejantes, formando uma muralha entre Daniel e os demônios que se reorganizam.

— "Porque o Senhor, vosso Deus, é quem vai convosco, a pelejar por vós contra os vossos inimigos, para vos salvar" (Deuteronômio 20:4).

Com o capacete da salvação reluzente, ele corre rumo ao centro da escuridão, enquanto os anjos detêm a legião, e o céu inteiro observa em silêncio.

Os anjos brandiam espadas flamejantes, e com um rugido celestial, confrontaram a legião de demônios. O som era como trovões em coro. Daniel correu em direção ao cárcere espiritual de Guilherme.

À medida que ele corria, a luz do céu ia abrindo clareiras no mundo espiritual. Cada passo, um novo avanço. Cada palavra, um novo corte na escuridão.

Ele estava quase lá.

E o tempo era agora.

Enquanto isso, em outro lugar, Desarmador e Ana dão cabo da outra parte do plano. O Intercessor ficara no novo esconderijo protegendo Daniel em seu sono espiritual. Desarmador transladou para os arquivos onde Daniel havia tido acesso aos arquivos antigos. Mesmo depois de todo aquele tempo, aparentemente ninguém foi lá, seja por ser um lugar esquecido e subterrâneo do prédio, seja porque estava invisível desde que Deus levou o Eclesiástico até lá.

— Poxa, o Eclesiástico poderia ao menos ter levado os arquivos para o esconderijo, este lugar fede a mofo. Por que temos que estar aqui, Ana?

— Calma, amigo. — Contemporizava Ana. — Daniel achou o veio de ouro, nós vamos achar as melhores pepitas. Precisamos cercar Maetrea pelos dois lados se quisermos vencê-lo: do espiritual, que é o que Daniel está fazendo agora, salvando Guilherme, e do natural, achando algo para desmascará-lo enquanto vive seu álter ego Dr. Marcus, e se há algum lugar ou algo capaz de fazer isso, está aqui nestes arquivos.

— Muito bem, que o Criador nos guie antes que alguém nos encontre neste subterrâneo fétido.

O silêncio da sala subterrânea era cortado apenas pelo zumbido contínuo do ventilador antigo preso na parede e o som seco das páginas sendo viradas. Um foco de luz tremia sobre a mesa onde Ana estava sentada, cercada por pastas envelhecidas, arquivos confidenciais, papéis com sigilos internacionais e fotografias em preto e branco. O cheiro de mofo, tinta e eletricidade pairava no ar.

O Desarmador permanecia curvado sobre o *notebook*, os olhos cansados piscando menos do que deveriam, analisando registros criptografados que ele conseguira extrair da *deep web* com a ajuda de aliados da antiga Rede Unda.

— Aqui — disse Ana, a voz num sussurro como se temesse ser ouvida mesmo ali, a metros abaixo da superfície. — Olha isso, Desarmador… Marcus não é apenas Marcus. Ele já foi Théophile Durand no Congo, nos anos 1980. Têm documentos da ONU sobre ele atuando como "consultor especial em saúde genética".

Desarmador se aproximou. Ana virou outra página.

— José Manuel Cordova. Registrado no México, 1994. Envolvido em um programa da OMS, supostamente humanitário. Mas veja esse relatório interno... experimentos de controle comportamental com crianças indígenas.

Os dois se entreolharam. Havia uma tensão sufocante no ambiente, como se cada descoberta arrancasse mais uma camada do véu de normalidade que cobria a figura pública do Dr. Marcus Aurélius.

— Isso explica tanta coisa — murmurou Desarmador. — Porque ele nunca envelhece. Porque sempre aparece em centros de poder, sob diferentes nomes, diferentes missões. Ele é como um vírus, infiltrando sistemas, moldando gerações. E agora... tenta o golpe final.

Ana se levantou e começou a caminhar de um lado para o outro, o fichário ainda aberto em suas mãos.

— Se juntarmos tudo, podemos expô-lo. Mostrar para o mundo que ele é uma fraude. Não apenas uma farsa... um arquétipo do engano. Precisamos de uma montagem, uma sequência de imagens, datas, lugares. Um rosto que aparece em diferentes continentes, sob diferentes nomes, em diferentes décadas. Conheço um influenciador digital que pode pegar toda essa gasolina e aplicar a centelha necessária nas redes sociais para que se torne uma grande explosão.

— Como uma entidade onipresente... — Desarmador murmurou, pensativo. Então, ele começou a escanear os documentos com seu celular e baixar os arquivos em seu *notebook*. — O que encaixa perfeitamente com o papel messiânico que ele quer assumir. Se destruirmos sua imagem de divindade, talvez consigamos romper o domínio de manipulação que ele exerce.

Ana se aproximou, os olhos brilhando com um misto de urgência e esperança.

— E se no final do vídeo colocarmos a pergunta: "Quem é o verdadeiro Marcus Aurélius?" — sua voz tremeu, como se tivesse tocado num fio perigoso. — Isso não apenas planta dúvida... destrói o culto em torno dele.

— Isso vai ser perigoso, Ana. Ele vai reagir. Vai acelerar os planos, talvez sacrificar Guilherme antes do previsto — respondeu Desarmador, franzindo a testa.

Ela assentiu, respirando fundo.

— Mas também pode comprar tempo. Se Daniel conseguir mantê-lo protegido no mundo espiritual... e nós desestabilizarmos Marcus no natural... pode ser a nossa única chance.

Desarmador fechou lentamente o *notebook*, o som do clique ecoando como um presságio.

— Não dá para esperar, está feito, enviei os arquivos para o influencer. Torçamos para que Daniel faça sua parte no plano, que Deus tenha piedade de todos nós. Vamos derrubar esse deus falso com aquilo que ele mais teme... a verdade.

E, naquele instante, mesmo naquele *bunker* frio e escondido, ambos sabiam: estavam acendendo o pavio de uma revolução silenciosa. Não apenas contra um homem, mas contra o espírito do engano que se escondia por trás de um nome... e que ameaçava consumir o mundo inteiro.

Um policial chegou ali para ver o que estava acontecendo, mas os dois já se foram transladados de lá.

Na pedreira, Guilherme caiu de joelhos. Chorou. Não pelos outros, mas por si mesmo.

Chorou pelas mortes que causou. Os demônios constantemente viam dar as notícias da morte de Despertos que ele acabara de conhecer.

Pelos rituais que assistiu.

Pelas noites em que zombou de Deus.

Pela mulher que amou e abandonou.

Pelos irmãos que traiu.

"Eu não sou digno..."

"Mas você foi lavado." — ele lembrava das palavras de João. — "E por isso é livre."

Daniel então completou:

"Você foi escolhido justamente por ter tocado as trevas e voltado com os olhos abertos."

— Daniel? Cadê você? É você?

— Estou chegando, amigo, não desanime, permaneça firme.

E nesse instante, pela primeira vez durante aqueles longos dois dias de cárcere, Guilherme não sentiu medo.

Sentiu propósito.

REVELAÇÃO FINAL

DIA 2

O MUNDO FOI VIRADO CONTRA O ÚLTIMO JUSTO.

A PROFECIA SE CUMPRE, O SELO SE APROXIMA.

MAETREA VENCEU NOS SISTEMAS, MAS NÃO VENCEU NO CÉU.

GUILHERME SABE AGORA: SUA MORTE NÃO É DERROTA. É CHAVE.

E RESTA APENAS UM DIA.

ÚLTIMO DIA

00:01 – O Dia Começa

O sol ainda não nasceu.

No lugar da madrugada escura, uma luz vermelha, sombria e pulsante envolveu o céu. Como se a própria terra estivesse prendendo a respiração.

O mundo inteiro entrou em colapso. Cidades inteiras estavam sob controle de milícias espirituais. Maetrea, agora apresentado ao mundo como O Iluminado, era aclamado como líder de uma nova era. O templo do "Humanismo Sagrado" havia sido erguido em Jerusalém, exatamente onde um dia esteve o Santo dos Santos.

Uma última cerimônia estava prestes a acontecer. O ritual final.

E Guilherme… estava desaparecido.

Daniel já havia vencido a primeira fileira de demônios, mas agora entre ele e Guilherme havia dois obstáculos quase intransponíveis: Os sete representantes das áreas de influência da sociedade e o próprio Maetrea.

Não havia muito tempo a perder.

O crepúsculo espiritual já tingia o horizonte do outro lado dos véus, e Daniel sentiu o primeiro tremor anunciar a abertura do Vale da Resistência. Diante dele, erguiam-se sete ídolos de trevas: pilares retorcidos que sustentavam, em cada um, espíritos sedentos de dominação — religião, arte, mídia, política, economia, ciência e família. O ar parecia grudento de mentiras antigas, e cada respiração era um desafio ao seu chamado.

Num suspiro, Daniel apertou o couro polido ao redor do corpo, como quem ajusta a última sobrevivência antes da queda: o cinto da verdade reluziu em torno de sua cintura, firme como aço temperado. E foi com essa clareza rasgando as sombras que ele avançou contra o espírito da religião, um falso sacerdote de ouro escuro que bradava promessas vãs. Suas palavras cortavam dogmas, mas Daniel ergueu a voz profética: "Deus é espírito, e importa que os que o adoram o adorem em espírito e em verdade" (João 4:24). As vestes cerimoniais viraram poeira, e o eco de uma adoração pura começou a nascer no vazio.

Mal teve tempo para respirar, pois a aura se condensou num vulto de beleza distorcida. As formas dançantes do espírito da arte queriam enredá-lo em vaidade e orgulho; pinceladas de cores infernais tentavam cegar seus olhos e anestesiar seu coração. Foi então que a prata fria da couraça da justiça se acomodou ao seu peito, protegendo-o de todas as acusações internas. Com um murmúrio firme — "Cantem-lhe um cântico novo" (Salmos 33:3) — Daniel soltou um sopro que desfez esculturas amaldiçoadas e fez soar cordas invisíveis, ressoando numa sinfonia de redenção.

As colunas estremeceram quando o espírito da mídia rugiu, lançando sobre Daniel torrentes de palavras falsas, imagens retorcidas, vozes de pavor e desinformação. Pesos invisíveis esmagavam seus pés, mas as sandálias do evangelho da paz, agora quentes como brasas, o sustentaram. Ele ergueu-se e proclamou: "Quão formosos são os pés dos que anunciam a paz!" (Isaías 52:7). As telas quebraram-se como cristais e o ruído se transformou em silêncio — um campo limpo onde floresciam notícias de esperança.

A fúria dos elementos de controle eclesiástico se uniu à ganância política, e o espírito da política se apresentou montado em um trono de mentiras e falsas promessas de poder. Dardos invisíveis atingiam seu escudo com estalo de trovões, mas o escudo da fé o protegeu, reluzente como muralha intransponível. "O Senhor é o nosso juiz, o nosso legislador e o nosso rei; ele nos salvará" (Isaías 33:22), bradou Daniel, empurrando com fé o pedestal do tirano que desabou em ruínas.

Mal havia caído o eco daquela vitória, o espírito da economia surgiu, exibindo cofres feitos de ganância. Contratos e dívidas torsos de opressão se enrolavam em torno de Daniel, mas o capacete da salvação o sentenciou imune ao medo da escassez. Ele caminhou com passos firmes de provisão, recitando: "Não ajunteis tesouros na terra... mas ajuntai tesouros no céu" (Mateus 6:19-20). Moedas derreteram em seus punhos, e o ouro se redimiu em asilo para os necessitados.

Um frio cortante trouxe o espírito da ciência — máquina viva, matrix de orgulho, tentando explicar Deus longe da humildade. A espada do Espírito relampejou em sua mão, translúcida e cortante como raio divino. Cada golpe era um versículo: "Os céus proclamam a glória de Deus" (Salmos 19:1), e as equações se desfizeram, revelando mistérios que cantavam a sabedoria do Criador. O monstro mecânico sucumbiu, tornando-se testemunho de que fé e razão não se confrontam, mas se abraçam.

Por fim, no centro do Vale, o mais traiçoeiro de todos: o espírito da família, uma sombra que retalhava laços e profanava alianças de amor. Daniel ergueu o corpo inteiro, adornado com cada peça da armadura, e cerrou os punhos. Sua voz, um trovão de promessas, invocou Josué: "Eu e minha casa serviremos ao Senhor!" (Josué 24:15). Uma onda de luz explodiu em ondas circulares, quebrando correntes, reunindo pais e filhos, curando feridas profundas.

As sete colunas desabaram em fragmentos de trevas, e o chão tremeu sob o triunfo do Eclesiástico. No lugar daquelas sete imagens distorcidas soergueu das ruínas sete colunas douradas, os espíritos não estavam mais sob a égide de Maetrea, as áreas de influência estavam redimidas. Então, como resposta do próprio céu às intenções redentoras de Daniel, trombetas de luz atravessaram as nuvens. Hostes angelicais desceram em desfiles gloriosos, formando uma guarda solene ao redor daquele campo purificado. As colunas agora eram suas aliadas e de forma amistosa lhe dirigiram a palavra em uníssono:

— Irmão Daniel, o caminho está livre. Avança para o último confronto!

E ali, entre a poeira das colunas quebradas e o coro celestial, o Eclesiástico ergueu a espada do Espírito. Soube, no íntimo, que cada esfera libertada o preparara para o sentido verdadeiro de sua missão: enfrentar, enfim, Maetrea.

03:33 – Cativeiro

Preso em uma cela subterrânea, Guilherme estava diante de Maetrea.

"Você já não me assusta", disse Guilherme.

Maetrea apenas sorriu, calmamente, e caminhou em círculos ao redor dele, como uma serpente prestes a dar o bote.

"Não preciso te assustar. Preciso que você desista."

Maetrea então revelou que havia tentado quebrar cada um dos Despertos individualmente. E conseguiu fazer isso com alguns. Mas não com Guilherme. E, por isso, ele seria sacrificado como símbolo de insubmissão.

"Seu sangue será oferecido como selo final para a chegada do Portador."

Mas Guilherme, ainda com marcas no corpo e olhos cansados, respondeu com firmeza:

"Pode levar meu sangue, mas ele não te pertence.

O único sangue que importa já foi derramado há dois mil anos.

E esse sangue... me redimiu."

As palavras ecoaram como trovões. Maetrea estremeceu.

Ele sentira um distúrbio no ar. Daniel estava guerreando contra os demônios e os espíritos influenciadores, a cada hora uma jarda era conquistada. Não havia tempo a perder. Ele então desapareceu no ar, precisava se preparar para quando a hora certa do sacrifício chegasse, faltavam poucas horas, ele não precisava segurar os outros por muito tempo, só o necessário.

06:00 h

A cidade está acordando, muitas estradas já estão em pleno movimento, a avenida Cristiano Machado em BH já está como de costume, totalmente engarrafada. Os motoristas com seus aplicativos de carro aberto ouvindo as últimas novidades da web. De repente, todos recebem a mesma notificação em *tablets* e celulares: Uma bomba está para ser exposta. Nunca uma live teve tantas visualizações simultâneas. No futuro essa seria conhecida como a maior live da história da internet.

A sala estava escura, iluminada apenas pelo brilho azul do monitor. O silêncio era quebrado apenas pelo leve zumbido do processador enquanto o vídeo carregava. Ana e Desarmador estavam sentados lado a lado, imóveis, os olhos fixos na tela. Um título simples surgiu, em letras brancas sobre fundo preto:

"O que você vai ver a seguir pode mudar a forma como você enxerga tudo".

Logo, o rosto conhecido apareceu. Léo Felix, o influenciador digital responsável pelo canal *Olhos Abertos*, falava com voz firme, cada palavra carregada de tensão.

— Fala, galera! Eu sou Léo Felix, e esse é mais um vídeo do canal *Olhos Abertos*, onde a verdade vem à tona, doa a quem doer. Hoje... é sério. Hoje eu trago pra vocês a investigação mais pesada que já fiz na vida.

As imagens começaram a surgir na tela em sequência — fotografias antigas, passaportes escaneados, identidades sobrepostas com o mesmo rosto. Era ele. Marcus Aurélius. Em cada uma das fotos, o olhar era o mesmo. Seria possível que ele nunca tivesse envelhecido?

— Você conhece esse rosto — dizia Felix. — Dr. Marcus Aurélius. O filantropo. O homem que aparece sorrindo ao lado de presidentes, líderes religiosos, cientistas de renome. Mas... e se eu te dissesse que Marcus Aurélius é uma farsa? Não só isso — ele pode nem ser quem você pensa que é.

O vídeo mostrava os registros em ordem cronológica. Um após o outro. Théophile Durand no Congo, em 1981. José Manuel Cordova no México, em 1994. Aaron Rothstein, Emil Karvonen, Matthias Engel... Cada nome uma peça de um quebra-cabeça obscuro. Cada identidade, uma pista cuidadosamente enterrada sob anos de manipulação digital, documentos falsificados e registros limpos demais para serem verdadeiros.

Ana levou a mão à boca, num gesto involuntário.

— Tudo isso encoberto. Tudo isso apagado de forma cirúrgica dos bancos de dados públicos. Mas não do arquivo digital que vazou esta semana e chegou até nós — continuava Rafael, agora com um mapa do mundo ao fundo, setas conectando os locais e as datas com exatidão perturbadora.

O influenciador então falava do Projeto Promessa. Do plano que Marcus liderava com aparência de salvação global, mas cujas raízes estavam mergulhadas em ideologias milenares, invocações esquecidas e o avanço de uma ordem mundial espiritual e política. Uma ordem que exigiria um sacrifício. Um selo. Um sangue.

— Ele quer mais do que poder — dizia Léo, encarando a câmera como se falasse diretamente com cada espectador. — Ele quer controle. Controle total, através do medo. Da morte. Da mentira.

O vídeo encerrou com uma pergunta:

— Se ele mentiu sobre quem ele é... o que mais ele está escondendo?

Silêncio.

Ana desligou a tela com um clique seco. O quarto mergulhou na penumbra. Por alguns segundos, ninguém falou. O peso da revelação parecia ter empurrado o ar para fora da sala.

— Se isso cair na mão certa... — murmurou ela, ainda chocada.

— Não. — O Desarmador se levantou, o semblante endurecido. — Se isso cair na mão errada, ele vai acelerar o plano. Precisamos pensar em como expor isso com sabedoria. A opinião pública está faminta por justiça, mas sensível demais para discernir.

Ela assentiu lentamente.

— Mas agora nós e o mundo todo sabe quem ele é... ou pelo menos, quem ele tem fingido ser.

— E isso muda tudo.

A guerra, pensaram ambos, não seria apenas espiritual. Seria midiática, política, pública. E estava prestes a explodir.

O mundo acordou em caos.

O vídeo de Léo Félix explodiu nas redes em menos de duas horas. Compartilhado por milhões, dublado em diversos idiomas, transformado em trechos curtos por criadores de conteúdo, investigadores amadores e até mesmo jornalistas independentes. As reações foram imediatas — e imprevisíveis.

Na sede das Nações Unidas, câmeras se voltavam para os diplomatas que, até a véspera, estendiam tapetes vermelhos para Marcus Aurélius. Agora eles evitavam perguntas. Um silêncio diplomático caiu sobre os corredores envidraçados como uma neblina densa. Algumas embaixadas solicitaram acesso aos arquivos revelados. Outras desmentiram tudo, chamando a denúncia de "conspiração fantasiosa".

Nas igrejas ao redor do mundo, pastores começaram a debater ao vivo, sem roteiro, sem máscaras. Uns afirmavam que a revelação era um sinal claro do fim. Outros pediam cautela, achando perigoso apontar o dedo com tanta certeza. Mas nos bastidores, o temor crescia: se aquilo fosse verdade, então o plano de Marcus envolvia forças muito maiores que a política ou a ciência.

Na internet, o nome "Marcus Aurélius" explodia nos *trending topics*. Mas também apareciam outros nomes: "Théophile Durand", "José M. Cordova", "Aaron Rothstein". Perfis investigativos reviravam arquivos, confirmavam conexões. Uma legião de "Despertos" se erguia — aqueles que começaram a ligar os pontos, buscar sentido nas profecias, estudar antigas escrituras como se nelas estivesse o manual para os próximos dias.

No submundo das redes fechadas, os seguidores de Marcus reagiram com fúria. Um contra-ataque estava em marcha. *Sites* denunciadores saíram do ar. Léo Felix foi ameaçado — e protegido por irmãos da fé que já esperavam por isso. Estava tenso, mas sentia que tudo valera a pena.

Enquanto isso, em um esconderijo discreto nos arredores de Belo Horizonte, Ana ajustava o volume do rádio enquanto escutava uma repórter falar em tom grave:

— "... as acusações contra Marcus Aurélius abalaram profundamente o cenário geopolítico. Ainda não há posicionamento oficial da OMS, da Unesco ou da Organização das Religiões Unificadas, mas fontes internas afirmam que o Conselho Mundial de Governança se reunirá em caráter emergencial nas próximas horas."

— Eles estão tentando controlar os danos — comentou Ana, virando-se para o Desarmador, que lia as últimas postagens de Rafael.

— Estão tentando apagar um incêndio com gasolina — disse ele. — Agora é tarde. A verdade escapou. Não tem mais como voltar atrás.

Ele pausou e ergueu os olhos.

— E isso significa que eles vão acelerar o plano.

Em uma catedral sombria transformada em centro de comando, Marcus Aurélius assistia ao mesmo vídeo em uma tela holográfica. Não dizia nada. Atrás dele, dois homens de terno esperavam suas ordens.

— O caos é um ótimo fertilizante — murmurou, por fim. — As sementes já estavam lançadas. Agora elas vão brotar no meio do desespero. Depois que o Anticristo chegar, toda essa fachada não terá qualquer utilidade. Não queria que fosse assim, mas agora nada mais importa.

Ele sorriu, sem sombra de raiva.

— Está na hora de sacrificar o cordeiro.

12:00 - Sacrifício

Na antiga estação ferroviária abandonada, Maetrea, Guilherme e um pequeno grupo de bruxos começam o ritual. Palavras há muito não proferidas foram externadas. Guilherme estava em transe, imóvel e totalmente vulnerável. Então, um dos magos encapuzados entrega uma adaga de prata antiga nas mãos de Maetrea. Ele dá início ao ritual de sacrifício.

O vilão, agora tomado por uma entidade maior — o espírito do Anticristo —, estende as mãos e oferece:

"Curve-se. E viverá.

Negue. E terá paz.

Sua luta não precisa terminar em morte."

Guilherme olha para o céu. Fecha os olhos. Lembra-se da cruz. Lembra-se do deserto. Lembra-se de cada rosto salvo, de cada batalha vencida.

E então responde:

"Eu não sou digno. Mas fui escolhido.

E não vou negociar o que só pode ser recebido pela graça."

Naquele momento, o ritual é interrompido por sons de sirenes e um megafone.

— Dr. Marcus Aurélius, aqui é a Polícia Federal, recebemos uma denúncia anônima de que o senhor está aí dentro. Temos um mandado de prisão preventiva por estelionato, evasão de divisas e falsidade ideológica. Por favor, saia com as mãos para cima.

— Malditos. — replica Maetrea. — Eles não vão prevalecer, estou tão perto!

Visto que ele não atendeu, a polícia entrou, junto estavam jornalistas e curiosos.

Guilherme encara Maetrea diante de todos os olhos do mundo. Câmeras. Satélites. Hologramas. Corações.

Guilherme agora está diante do Trono. Vê rostos. Multidões. Crianças. Mártires. E o Cordeiro.

"Você morreu para si. Agora vive em Mim."

"Mas e o mundo?"

"Ainda não acabou."

Ele se lança no fogo do altar, como sacrifício vivo.

Mas ao invés de consumir-se... ele é transformado.

Então Maetrea aplica uma certeira e profunda punhalada no coração de Guilherme.

Um estrondo. O tempo congela.

O sol subia em zênite flamejante, empurrando as sombras para o fundo dos becos, das consciências e dos reinos invisíveis. Era meio-dia. Em algum lugar entre o visível e o eterno, entre a agitação da opinião pública e os gritos silenciosos do espírito, Maetrea se posicionava como um sacerdote sombrio, o punho erguido com a lâmina consagrada pelo engano. O sacrifício seria feito.

Cercado de câmeras, drones, *flashes* e vozes em todos os idiomas, o mundo prendia a respiração. Ainda que exposto, Maetrea permanecia como um titã ferido: vulnerável, mas perigoso. Seus olhos ardiam com a fúria de mil pactos firmados no abismo. Guilherme, amarrado, ferido, mas vivo, jazia sobre o altar. O sangue já traçava sulcos ao redor da pedra negra.

A lâmina subiu. E, naquele instante — justo naquele instante — o tempo tremeu.

Uma palavra rasgou os céus como um trovão que vinha de dentro da eternidade:

— KAIRÓS!

A voz de Daniel não foi ouvida por microfones. Foi sentida pelas estruturas do universo. As nuvens pararam. As folhas cessaram seu balé. As respirações ficaram suspensas. Nem mesmo os corações sabiam se batiam ou não. A eternidade tocou o tempo. O momento de Deus chegou.

Tudo ficou imóvel — exceto Daniel.

Com as vestes tremulando em um vento que já não existia e os olhos ardendo com o fogo do céu, ele estendeu os braços, sustentando a tensão entre os mundos com o próprio espírito. Era como segurar o rio do tempo com as mãos abertas, como um Atlas espiritual, sustentando não o globo, mas a possibilidade da redenção.

— Desarmador! — sua voz ecoou entre as dimensões. — É agora! Translade-se! Entre neste tempo santo!

E como uma flecha disparada da eternidade, o Desarmador ouviu. No plano natural, seu corpo estremeceu. Os papéis em sua mochila se ergueram, sussurrando códigos, nomes, identidades reveladas. Ele fechou os olhos. Inspirou profundamente.

O coração de um homem comum que ousou crer começou a bater em outra frequência.

E então... ele atravessou.

O véu entre os mundos se rompeu como uma membrana fina e, num lampejo de glória e terror, o Desarmador foi sugado para dentro do mundo espiritual. Seu corpo permaneceu atrás, imóvel. Mas sua essência, agora revestida da autoridade de quem carrega segredos e redenção, caminhava ao lado de Daniel.

— Vá até Guilherme — disse Daniel, com suor de sangue e luz escorrendo pelas têmporas. — Ajude-o a enfrentar o espírito da morte. É lá que tudo é decidido. Eu manterei o tempo suspenso. Eu segurarei o Kairós!

Maetrea, congelado com a adaga no alto, seus olhos presos na eternidade, parecia sentir que algo escapava de suas mãos. As legiões de trevas, por trás dele, rugiam como leões engaiolados, incapazes de avançar.

E ali, no centro do conflito de eras, em uma batalha que só os céus compreendiam em sua totalidade, Daniel, com as mãos erguidas como Moisés no alto do monte, sustentava o tempo de Deus, enquanto o Desarmador, agora mais do que homem, atravessava o corredor dos anjos para alcançar Guilherme e libertá-lo da sombra final.

O mundo ainda não sabia. Os demônios ainda gritavam. Maetrea ainda acreditava.

Mas no alto do altar, o tempo era de Deus.

E onde o Kairós reina, o inferno treme.

O mundo espiritual ardia em silêncio. Não havia vento, mas as vestes dos dois homens se moviam como se a realidade inteira sussurrasse orações antigas. Daniel mantinha o tempo preso em seu grito eterno, sustentando o Kairós. E ali, no núcleo mais escuro do plano invisível, Guilherme e o Desarmador encaravam a última fronteira.

Diante deles, uma porta antiga, forjada em dor e tentação, pulsava. Não com luz. Mas com fome.

Do outro lado, o mundo natural — com suas praças, seus políticos, suas telas e torres — aguardava a entrada do que não deveria existir. Atrás da porta, envolto em trevas espessas e poder blasfemo, o Anticristo esperava. Não podia atravessar ainda. Faltava a chave. E a chave era Guilherme.

Mas entre ele e a porta... a Morte.

Ela surgiu não como esqueleto, mas como ausência. Um vazio de tudo: cor, calor, som, lembrança. Uma presença que desmanchava a alma só por existir. Olhos que eram túmulos, mãos que não tocavam, mas apagavam. E ela estendeu a mão para Guilherme.

Guilherme vacilou. Seus pés começaram a arrastar-se, inconscientes, como os de um cordeiro para o matadouro.

Foi então que o Desarmador falou.

— Guilherme... olhe para mim!

A voz tinha peso, eco, lágrima.

O rapaz resistia. O vazio o puxava como ímã para a aniquilação. O Desarmador avançou, firme, e colocou-se entre ele e a Morte.

— Escute. Você conhece a verdade.

Guilherme caiu de joelhos, trêmulo.

— Eu não consigo... é forte demais...

O Desarmador se ajoelhou ao lado dele, segurando seu rosto com as mãos, olhos nos olhos.

— Você se lembra do que disse o apóstolo João?

Ele puxou de dentro do manto um brilho de palavras eternas e as recitou com autoridade:

"No princípio era o Verbo, e o Verbo estava com Deus, e o Verbo era Deus. [...] E a luz resplandece nas trevas, e as trevas não a compreenderam." (João 1:1,5)

— Guilherme, a luz está em você! As trevas não podem vencê-la!

A Morte hesitou.

E o Desarmador continuou:

"E vi um como filho de homem... e Ele tinha na mão direita sete estrelas, e da sua boca saía uma espada afiada de dois gumes, e o seu rosto era como o sol quando resplandece na sua força." (Apocalipse 1:13,16)

— Você é chamado por Aquele que segura as estrelas! O Alfa. O Ômega. O Senhor do tempo e da eternidade!

A Morte rugiu sem som. Atrás dela, a silhueta do Anticristo pulsava em agonia, ávida pela travessia.

O Desarmador segurou Guilherme pelos ombros e o transladou para perto da porta enquanto se contrapunha entre ele e a morte.

— Agora escute com o espírito, João já havia me dito: você tem que abrir a porta. Mas saiba... mais um sacrifício será necessário. Só não sabíamos... que seria eu.

Guilherme chorava. Olhava para a porta e via a promessa e o peso. Caminhou até ela, com os joelhos ainda vacilantes. Atrás, o Desarmador recitava orações em silêncio.

Guilherme tocou a tranca. Um brilho rasgou o mundo. A porta se entreabriu.

Mas ele não a atravessou.

Ao invés disso, se virou. Olhou uma última vez para o Desarmador. Sorriu entre lágrimas e disse:

— Você também viu, João? Obrigado, Desarmador. Seu sacrifício não será em vão.

E então, Guilherme fechou a porta.

Selou-a com a própria palavra.

E a Morte gritou.

O Anticristo estremeceu.

E o céu... começou a cantar.

13:33 – O Novo Respiro

O trinco soou como um trovão. Quando a mão de Guilherme se afastou da maçaneta, a porta que separava os mundos estremeceu — gemeu como uma alma libertada do cárcere — e então selou-se com um clarão que rasgou a escuridão como o sol partindo a noite.

Naquele instante, algo indescritível aconteceu.

A ferida de Guilherme começou a se fechar.

Não por ação médica. Nem por milagre repentino vindo de fora. Mas como se o próprio tempo tivesse voltado para desfazer o punhal. Seu sangue foi recolhido, célula por célula. Sua carne se refez. Seu espírito se ergueu.

Ele estava completamente vivo. Curado. Redimido.

E diante dele, o Espírito da Morte recuava, com olhos em chamas de espanto e impotência.

— Isso não é possível... Ele era a chave... — sussurrou a criatura, tremendo.

Mas era. O clamor de Guilherme — puro, cheio de verdade e entrega — havia reescrito sua história diante do Trono Eterno. O selo fora rompido, mas a porta se fechara sem a entrada do Mal.

No céu, anjos irromperam em formação, como muralhas vivas. A Legião foi dispersa. Maetrea havia falhado.

Na Terra, o tempo voltou.

Na superfície, a verdade se revelava.

Maetrea, que ainda há pouco dominava câmaras, nações, salões e consciências com sua palavra venenosa e seu falso poder, estava agora de joelhos.

Seu olhar vazio. Sua voz calada. Seu espírito despido.

— Por que... por que não respondem mais?! — gritou aos céus, tentando invocar o que quer que ainda restasse. Mas tudo havia cessado. Seus olhos ardiam sem luz espiritual. Seus dons haviam desaparecido como fumaça após a ventania. Sua adaga de prata misteriosamente sublimou em suas mãos.

A Polícia Federal imediatamente o rendeu, resgatando Guilherme.

Sem resistência. Sem milagres. Sem autoridade.

Seus seguidores, muitos em transe, outros agora em prantos ou em choque, foram sendo detidos um a um. Códigos foram quebrados. Disfarces desfeitos. Nomes e crimes revelados.

As redes transmitiam ao vivo. A opinião pública, antes dividida, agora assistia a derrocada do império de manipulação que assolara os últimos anos.

Maetrea estava acabado.

As câmeras não desligaram.

Enquanto helicópteros da imprensa sobrevoavam o topo do antigo Centro Global de Iniciativas Humanas, o mundo parava para assistir à verdade romper os véus. A prisão de Maetrea, o "homem da paz", fora registrada ao vivo — e a máscara caiu diante dos olhos do planeta inteiro.

Não havia mais oratória hipnótica. Nem seguidores extasiados.

Apenas um homem confuso, humilhado, algemado, arrastado por agentes federais sob vaias e gritos de "mentiroso" ecoando por todas as redes sociais, avenidas e transmissões.

No mesmo instante, o Conselho Mundial entrou em colapso.

A cúpula internacional que se reunira para estabelecer a nova ordem de valores, linguagens, crenças e condutas — estava contaminada. Nomes expostos. Reuniões secretas vazadas. Pactos obscuros desenterrados como cadáveres mal enterrados.

O presidente interino da coalizão renunciou em uma coletiva internacional, visivelmente abalado. Diversos líderes anunciaram que haviam sido manipulados por forças que iam além do entendimento comum. Alguns choraram. Outros gritaram. Todos caíram.

Em menos de 48 horas, o Conselho Mundial seria dissolvido.

Canais de notícias, que antes bajulavam a figura de Maetrea como um messias esclarecido, agora disputavam quem mostrava mais escândalos. Gravações ocultas. Contas secretas. Declarações de desertores. Testemunhos de ex-seguidores.

E então surgiram os documentos.

Um dossiê misterioso, publicado por uma aliança internacional de ciberativistas chamada Olhos Abertos, veio à tona. Nele, estavam listadas múltiplas identidades usadas por Marcus Aurélius — ou Maetrea — ao longo de décadas. O homem por trás da paz forjada era, na verdade, um arquiteto do controle, agente de caos travestido de luz.

As manchetes foram diretas:

"O Profeta da Paz era o Senhor da Mentira."

"Fim da Era Maetrea: a Nova Ordem se desmancha em cinzas."

"Heróis invisíveis: quem realmente salvou Guilherme?"

Enquanto o mundo se ajustava à verdade, o velho mundo espiritual estremecia.

O nome de Maetrea, antes pronunciado em reverência ou medo, agora soava como piada amarga. Sua imagem, que um dia fora pintada em murais e projetada em cúpulas sagradas, começou a ser retirada — derrubada como ídolo profanado.

As redes começaram a reagir.

Influenciadores, jornalistas independentes, professores, artistas e cidadãos comuns passaram a relatar experiências pessoais de libertação, conversão, arrependimento. A verdade tinha um preço — mas também trazia cura.

E, no silêncio de uma madrugada em Jerusalém, um grafite apareceu em um dos muros onde outrora Maetrea discursara: "Toda mentira dura até que a verdade venha com o nome certo. E esse nome é Jesus."

A vitória de Daniel, Desarmador e demais Despertos e o livramento de Guilherme não estavam restritos aos limites físicos do mundo natural. No mundo espiritual, onde as forças invisíveis dançam conforme os desígnios de Deus, o impacto da queda de Maetrea foi sentido de maneira profunda e gloriosa.

Em igrejas, em montes de oração, nas vielas escuras de cidades e até em cavernas, os intercessores se reuniam, e em uníssono, o céu e a terra vibravam. O Senhor havia feito justiça, e os sinais de sua misericórdia eram manifestos por toda parte.

O Intercessor, de joelhos na sala silenciosa, com Ana ao seu lado, olhou para o horizonte que começava a clarear. A luz da manhã, que parecia mais dourada do que o comum, refletia no vidro quebrado da janela.

O som de cânticos subia como um incenso agradável, vindo de todas as partes do planeta.

Na África, em um pequeno vilarejo, uma igreja de barro se tornava um santuário de louvor. Os cristãos, muitos deles com as mãos sujas de trabalho árduo, começaram a se abraçar e a cantar:

> ***"O Senhor é minha luz e minha salvação, a quem temerei? O Senhor é a força da minha vida, de quem me recearei?"*** (Salmo 27:1)

Suas vozes se misturavam com as do Espírito, enquanto uma onda de cura espiritual tocava cada um deles. A opressão que havia mantido a região sob o jugo de Maetrea, sob suas mentiras e manipulações, começou a se dissipar. Lágrimas de liberdade escorriam nas faces dos intercessores, e suas orações eram como flechas certeiras que atravessavam os céus.

Na Ásia, em um templo abençoado por longos anos de oração, os intercessores levantavam seus olhos, vendo uma visão gloriosa. A barreira espiritual que antes os impedia de avançar foi rompida. Era como se uma cortina de ferro tivesse sido retirada de diante de seus olhos, e agora podiam enxergar mais claramente o plano eterno de Deus.

"O Senhor destruirá a morte para sempre, e limpará as lágrimas de todos os rostos", disse um intercessor, declarando em voz alta a palavra profética de Isaías 25:8. O povo na sala, em resposta, caiu de joelhos e, juntos, declararam com força: "A vitória é nossa!"

Na América Latina, onde muitos haviam vivido sob o peso do medo e da perseguição, as ruas começaram a encher-se de um clamor que ecoava pelas praças. Jovens, anciãos, mulheres e homens se uniram em oração em um espírito de unidade sem precedentes. A cidade de Lima, no Peru, foi um dos lugares onde um avivamento começou a acontecer. As igrejas e os espaços de oração estavam lotados, e os corações dos fiéis, antes marcados por dúvidas, agora estavam ardendo com a chama da fé renovada.

"Este é o dia que o Senhor fez; regozijemo-nos e alegremo-nos nele!" (Salmo 118:24), declararam em voz alta, quebrando qualquer cadeia espiritual que ainda pudesse restar. Eles dançavam nas ruas, as bandeiras da fé se agitavam ao vento, e até as crianças estavam envolvidas, com os rostos iluminados pelo sorriso da liberdade.

Na Europa, onde os intercessores haviam orado em silêncio por anos, a notícia da queda de Maetrea foi recebida com reverência e exultação. Em muitos lugares, onde a religiosidade foi substituída por filosofias frias e secularismo, as igrejas estavam novamente abertas, e as palavras de Cristo ecoavam como um vento renovador.

> ***"O Senhor diz: Não temais, pois estou convosco; não olheis para os lados, porque sou o vosso Deus. Eu vos fortaleço e vos ajudo; e vos sustento com a destra da minha justiça."*** (Isaías 41:10)

As cidades começaram a viver o que os intercessores chamaram de "renascimento espiritual". O antigo espírito de temor, que havia sido imposto pelas forças de Maetrea, foi quebrado, e uma nova era de liberdade começou a florescer em todas as nações. As placas de ruas e os letreiros das lojas, que antes levavam mensagens sem vida, agora exibiam palavras de vida. Pôsteres de Maetrea foram retirados, e em seus lugares, crucifixos, versículos e imagens de Cristo começaram a ser pendurados como um lembrete de que a vitória não vem do homem, mas do Deus Todo-Poderoso.

E não apenas na Terra. Nos céus, os anjos, como mensageiros do Senhor, começaram a cantar hinos de vitória, como se o próprio firmamento estivesse se celebrando, em comunhão com os redimidos.

Daniel arfou. A energia do Kairós, aquele instante sagrado de intervenção divina, se desfez como bruma. E quando ele piscou os olhos, já não estava diante do altar ensanguentado de Maetrea — mas no esconderijo dos Despertos, em meio à penumbra viva da caverna de oração.

Ana estava ali. Seus olhos vermelhos de tanto clamar. O Intercessor.

Daniel correu até eles, ainda sentindo a glória do plano espiritual pulsando em sua pele.

Guilherme chegou logo em seguida, trazido por um policial. O Desarmador deixara o endereço do novo local em sua jaqueta antes de partir, já parecia ser um hábito.

Não com medo, nem dor, nem confusão.

Mas com paz.

— Está terminado — disse ele. Sua voz era serena. Seu olhar, diferente, como se tivesse visto o céu por dentro.

Ana caiu de joelhos, chorando. O Intercessor ergueu as mãos mais alto, e o esconderijo se encheu de uma presença que nenhum deles ousaria explicar.

Daniel, o Eclesiástico, tremendo diante da magnitude do que havia acontecido, olhou para os outros e sussurrou uma oração de gratidão. Ele sabia que o que estava acontecendo no mundo físico refletia diretamente no mundo espiritual. O ciclo de vitórias havia começado, e cada intercessor, onde quer que estivesse, sabia que havia sido parte de algo divino, algo eterno. Uma nova estação começava, e o Reino de Deus se estabelecia, como nunca.

— Mas, e o Desarmador? Onde ele está? — perguntou o Eclesiástico.

— Ele não voltou, foi necessário para que eu selasse a porta. — Respondeu Guilherme com lágrimas sinceras nos olhos. — Ele se sacrificou por mim e por todos nós.

— Ele não morreu. — Afirmou categoricamente Ana. — Assim como ele transladou para o mundo espiritual, ele pode voltar. No tempo certo saberemos.

— Por ora comemoremos essa cara vitória alcançada. — Concordou o Intercessor.

— Não descansarei então até que ele esteja de volta conosco. — Decretou Daniel.

18:00h

O carcereiro empurrou a pesada porta de aço com o rangido metálico de sempre. Nas mãos, a bandeja com a comida para o Dr. Marcus Aurélius — agora apenas um nome sem poder. O corredor estava silencioso, salvo pelo eco suave de seus próprios passos.

Chegando à cela, surpreendeu-se. O prisioneiro de outrora, cuja presença dominara governos e corações, simplesmente... não estava lá. As correntes que o seguravam haviam sumido, como se nunca tivessem existido. As paredes, antes marcadas por símbolos antigos de pacto, jazia nuas, corretamente limpas. Uma brisa gélida escapava por alguma fenda na pedra, levando consigo uma sensação de vazio e presságio.

O carcereiro engoliu em seco, colocando a bandeja no chão da cela. Era como se Maetrea jamais tivesse se sentado naquele banco de concreto, como se o mundo tivesse engolido o mestre da ilusão. Mas a ausência gritava mais alto do que qualquer presença: o homem que prometera paz e trouxera tormento havia escapado... de um modo que ninguém ousaria compreender.

23:59 h

Guilherme selara a porta entre os mundos. Ele caminhou pelas veredas silenciosas de uma antiga biblioteca escondida em Belo Horizonte, era de Leandra, ele a conhecia tão pouco, mas sabia que lendo aqueles livros conheceria mais dela e do mundo espiritual. Queria saber mais. Guiado por uma luz tênue que só aqueles feitos para enxergar o invisível podiam seguir. Lá, sentado junto a um manuscrito em pergaminho, estava o venerável Apóstolo João — cabelos alvos como o orvalho da manhã e olhar estacionado num horizonte que só ele via.

Guilherme ajoelhou-se diante do homem que, em carne e osso, testemunhara o momento mais solene da história:

> ***"Ali perto da cruz de Jesus estavam sua mãe, e a irmã de sua mãe, Maria, mulher de Clopas, e Maria Madalena."*** (João 19:25)

— João — disse Guilherme, com reverência —, você esteve lá. A testemunha ocular aos pés da cruz.

O ancião assentiu lentamente, apoiado numa bengala simples.

— Vi o sangue e o perdão fluírem juntos, menino. Vi a graça plantada em solo de extrema dor. E depois...

Ele ergueu o olhar, olhando não para Guilherme, mas para algo além das paredes.

— Depois, vi Aquele que "tinha cabelos brancos como lã, e como neve, e olhos como chama de fogo, e os seus pés semelhantes ao bronze polido..." (Apocalipse 1:14-15)

Ele sorriu, a voz pairando como brisa antiga:

— Ele está feliz. Tudo se moveu debaixo do controle dEle. Cada guerra, cada surto de trevas, cada tribulação... Ele orquestrava para que, no fim, a verdade triunfasse.

Guilherme sentiu o peso e o alívio daqueles dias intensos que viveu.

— Então a batalha está vencida? — perguntou ele, esperançoso.

João pousou a mão no ombro de Guilherme, firme e sábio.

— A batalha, sim. Mas a guerra continua. Há lutas que se travam nas sombras, guerras que se desenrolam nas linhas do tempo, onde poucos veem, mas todos sentem.

Ele inclinou-se, a voz baixando até tornar-se um sussurro que rasgava o silêncio:

— Vigie, meu filho. Prepare-se. Pois ainda há muito por vir, e a próxima página deste livro ainda está em branco.

E, com um último olhar carregado de mistério, o apóstolo voltou-se para os pergaminhos. Guilherme permaneceu ajoelhado, sentindo o eco de uma promessa e o convite silencioso para a próxima missão.

O mundo seguia em paz — por ora — mas quem conhecia os reinos invisíveis sabia que, em algum lugar entre as estrelas e o coração dos homens, a história continuaria.

REVELAÇÃO FINAL

DIA 1

O CORDEIRO VENCEU. MAS O DRAGÃO NÃO FOI MORTO.
A LUZ BRILHOU. MAS AS SOMBRAS SE REORGANIZAM.
UM NOVO TEMPO COMEÇA... E OS VERDADEIROS FIÉIS PRECISARÃO SE LEVANTAR.
O LEGADO DOS DESPERTOS NÃO TERMINA AQUI.
DEUS OS ESTÁ CHAMANDO PARA A BATALHA FINAL.
CERTAMENTE, SE VOCÊ ESTÁ SEGURANDO E LENDO ESTE LIVRO ATÉ AQUI, SIGNIFICA QUE É UM DELES...

...DESPERTE!